SABIKALI ve DUL

Emine Özkan Şenlikoğlu

MEKTUP YAYINLARI
ARALIK-1995/İSTANBUL

EMİNE ÖZKAN ŞENLİKOĞLU

27 Mayıs 1953 yılında dünyaya geldi. Çocukluğu çok büyük bir mücadele içinde geçen Şenlikoğlu, bazı adaletsizlikleri küçük yaşta farketmeye başladı. Gençlik yıllarında din arayışına girdiğinden, dinleri araştırdı. İnciller'i okudu. Daha sonra İslâm'a yöneldi ve İslâmî tahsil yapmaya başladı. Fıkıh, Akaid gibi ilim dallarıyla ilgili eşi Recep Özkan ve özel hocalardan dersler aldı. İlk-orta ve İmam-Hatip lisesini dışarıdan bitirdi.

Yurtiçi ve yurtdışında birçok konferanslar verdi.

İlk kitabı "Gençliğin İmanını Sorularla Çaldılar" isimli eserinden dolayı 2.5 yıl cezaevinde yattı. Defalarca mahkemeye verilen, nezarete atılan Şenlikoğlu, 1985 yılından itibaren *Mektup Dergisi, Genel Yayın Yönetmenliği*'ni yürütmektedir.

İki çocuk annesi olan Şenlikoğlu'nun 1984 yılından itibaren çıkan kitapları şunlardır:

1. SERİ: "GENÇLİĞE HATIRAMDIR"

1- Gençliğin İmanını Sorularla Çaldılar
2- Bize Nasıl Kıydınız
3- Mahkum Duygular
4- Burası Cezaevi
5- İslâm'da Erkek
6- Ne Olur İhanet Etme
7- Ülkemi Arıyorum
8- Biz Bu Vatanın Nesi Oluyoruz
9- Ruhumun Penceresi
10- Kelepçeli Kalemimden
11- Ağlatan Yollar
12- İnsanlar da Kayar
13- Telefonla Röportaj
14- Önce Soru Sorarlar
15- İsimsiz Kitap (Hiciv)
16- Vicdan Azabı
17- Maria
18- İdamlık Genç
(Bu seri tamamlanmıştır)

2. SERİ: "İNSANLIĞA ÇAĞRI"

1- İnsanlığın Belgeseli
2- Kıbrıs Sular İçinde Bir Yetim
3- Ben Kimin Kurbanıyım

4- Geri Tepen Kurşunlar
5- Radyo ve Basın Röportajları
6- Televizyon Röportajları
7- Uzaktaki Çığlıklar
8- Geçmişin İzleri
9- Sabıkalı ve Dul
10- Çingene
11- İmamın Manken Kızı
12- Son Pişmanlık Fayda Eder
13- Çin İşkencesi
14- Kadınları Kadınlar da Eziyor
(Bu seri tamamlanmıştır)

3. SERİ: "NESİLLERİN ÖYKÜSÜ"

0- Anne Büyüklere Bir Şey Söyle
1- Şirin Köy
2- Küçük Kız
3- Küçük Kelebekler
4- Yılan Yavrusu
5- Kırmızı Elbiseli Kız
6- Satılık Çocuk
7- Topal Karınca
8- Küçük Kızın Umudu
9- Hayâl Çocuk
10- Konuşan Serçe
11- Kardeş Sevgisi

4. SERİ: "SEVGİNİN SESİ"

1- Hristiyan Gülü

5. SERİ: "BİLGİ SERİSİ"

1- Kılavuz İslâm'ı Doğru Anlamak I
2- Kılavuz İslâm'ı Doğru Anlamak II
3- Kılavuz İslâm'ı Doğru Anlamak III
4- Kılavuz İslâm'ı Doğru Anlamak IV

İLAN

Annem bu kanunlar sabıkalıdır.
Aslına bakarsak çalıntı malıdır
Sayısı belirsiz, çok yamalıdır

Kaybetti nice canlar, dedi "kendin bul"
İşte bir örneği, sabıkalı ve dul.

E.Ş. 10.9.1995

SABIKALI VE DUL

Hülya tam cezaevinin dış kapısından çıkıyordu ki bir sesle irkildi.

— Hülya Tekel! Dur.

Dönüp arkasına bakmaya cesaret edemiyordu. Kendi kendine düşündü; "– Acaba beni yanlışlıkla bıraktılar da, şimdi "daha yatacak günlerin varmış, geri dön" mü diyeceklerdi."

Daha önce arkadaşının başına böyle birşey gelmişti. Kızcağız evine girdiğinde, daha yakınlarına sarılmadan polis gelmiş, onu tekrar cezaevine atmıştı.

O arkadaşının günlerce nasıl şok yaşadığını üzgün üzgün izlemişti. Onun feryatlarını unutamıyordu. Şimdi kendisi de böyle bir yanlışlıktan dolayı tekrar geri mi gidecekti?

9 yıl, 9 ay ve 9 gün sonra çıktığı cezaevine tekrar dönmek istemiyordu.

Hülya bunları düşünürken sesin sahibi yanına gelmişti. Bu bir askerdi. Aynı korkuyla sordu:

— Ne oldu kardeş?

Asker, sanki gizli konuşuyormuş gibi bir edayla iyice Hülya'ya yaklaştı.

Yenge! Ben Taştan'ın arkadaşıyım. Taştan dedi ki; "ben akşam onun kaldığı eve geleceğim. Onu istemek için ailemde geliyor. Sakın üzülmesin, onunla mutlaka evleneceğim."

Hülya, Taştan'dan gelen habere çok sevinmişti ama herşeyden önemlisi geri çağrılmadığı anlaşılmıştı.

Birden yine cezaevindeyken askerlere, mahkumlara ve gardiyanlara taparcasına aşık olan kızları-kadınları düşündü. Hepsi hüsrana uğramışlardı. Cezaevi aşkları, cezaevinde kalmıştı.

Acaba Taştan bunlardan biri miydi?

Sonra kendisine teselli verdi,

— Asla! Taştan onlara benzemez. Taştan iyi bir insandır, sözünün eridir.

Zaten kadınları aldatan bütün erkekler sözünün eri imajını vermiyorlar mıydı? Her sahtekar "ben sahtekarlıktan nefret ederim" demiyor muydu?..

Bu ülkede kadınları aldatıp yalan söyleyenlerin bir cezası var mıydı? Ya da erkekleri aldatan kadınlardan mahkum olan görülmüş müydü?

•••

Hülya bir taraftan yoluna devam ediyor, bir taraftan da akrabalarından gelen olup olmadığını gözleriyle araştırıyordu.

Biliyordu, hiç kimsesi gelmiyecekti. Ama umuttu işte, belki onca akrabalarından biri "Hülya'ya düzen komplo kurmuştu, zavallı kızın ne suçu vardı" der de gelirdi.

Önce kapı önünde duran insanlara göz attı. Gözlerini bir bir insanların üzerinde gezdirdi.

Yıllarca bu kapıdan çıkışının hayalini kurmuştu. Çok sevdiği yeğeni onu karşılıyordu hayalinde. "– Teyzeciğim, biz annemle seni karşılamaya geldik," diyor, Hülya'nın boynuna sarılıyordu.

Hayaller ne güzeldi,
Hayal kula özeldi.

Fakat kimseler yoktu. Orada bekleyen insanlar Hülya'nın tahliye edilen bir mahkum olduğunu anlamışlardı. Onlarda, içerdeki yakınlarını görebilmek, onlardan bir haber alabilmek umuduyla bekleşiyorlardı. Kimi de tahliyeci yakınlarıydı.

Ne önemli olaydı bu karşılama töreni. Mahkuma yeni hayatı için moral kaynağı olan en etkili psikolojik destekti.

Bekleyenler Hülya'ya geçmiş olsun dileklerini bildiriyordu.

— Kardeş geçmiş olsun. Allah bir daha düşürmesin.

Daha önce cezaevinde yatmış, şimdi arkadaşını karşılamak için gelen kadın:

— Geçmiş olsun bacı. Dilerim yeni hayatın cezaevini aratmaz. Dilerim, bu devletin üvey evladı olmazsın.

•••

Nihayet, dokuz yıl, dokuz ay, dokuz gün gibi kâfiye sitili günleri geride kalmış, Bayrampaşa cezaevinin dış kapısından caddeye çıkmıştı.

Kendisini karşılayan Asiye Eracun, eşi ve çocukları, bir de Recep abisi vardı.

Hülya duygularını tahlil bile edemiyordu. Ne olmuştu, ne düşünüyordu, bilemiyor, göz yaşları içinde Asiye'ye sarılıyordu.

— Ablam!

Başka bir şey konuşamıyordu. Yıllar sonra ellerden kendisine abla olan, aile olan bu insanların arabasına binmiş, Recep efendinin gaza basmasıyla Bayrampaşa'dan uzaklaşmışlardı.

Recep bey sordu:

— Eee Hülya bacı, nasılsın bakalım?

— Allah'a şükür abi. Bilemiyorum ama galiba iyiyim.

— O nasıl cevap bacı, insan iyi olup olmadığını bilmez mi?

Bir yandan caddelere bakan Hülya cevap verdi:

— Bilmez ya abi, bilmez. On yıl dört duvar arasında yat, sonra yabancılar senin ailen olsun ve gelip seni karşılasın, senin akrabalarından hiç kimse olmasın da, bak bakalım ne olursun?

— Haklısın bacı ama artık her şeye boş vermelisin. Geçmişini fazla düşünme, geleceğin inşaallah iyi olur.

Taksinin arkasında, Asiye'nin yanında oturan Hülya hıçkırıklarını tutamıyordu.

— Allah sizden razı olsun. Başka ne söyliyeyim?

Hülya Asiye'lerin evine ilk defa gittiği halde babasının evine gidiyor gibi hissediyordu kendisini.

Kapalı trafikten dolayı tam bir saat sonra Fatih Beyceğiz mahallesindeki eve gelmişlerdi.

İki odalı daracık evin bir odasını Hülya'ya gösteren Asiye mırıldandı:

— İşte bizim fakirhane. Evimiz dar ama gönlümüz geniş Hülya bacı. Sakın yabancılık çekme, olur mu!

Köşedeki sandalyede oturan Hülya, Asiye'ye hüzünlü hüzünlü bakarak cevap verdi;

— Aşk olsun Asiye abla. Yabancılık ne demek, dar ev ne demek. Sakın böyle düşünme.

Asiye depresyon geçiriyor ama bunu bazı insanlar anlayamayarak, Asiye'yi üzmüşlerdi. Onun için Hülya'yla açık açık konuşuyordu.

— Bak Hülya bacı, ablam çıkana kadar benim evim, senin evin olacak. Sana ilk gün bazı konuları açıklamak istiyorum. Birincisi, ben çok hastayım. Benim suratımı asık gördüğün zaman sakın alınmayasın. Kocamla kavga edebiliriz, çocuklarıma bağırırım, alınma yok tamam mı?

Bu tenbihler Hülya'nın hoşuna gitmemişti.

— Ama ben nedense çok alınganım abla. Ya alınırsam! Sonra bir çılgınlık yapmaktan korkuyorum.

Asiye gülerek cevap verdi.

— Yoo... Alınganlık yaparsan seninle bozuşuruz.

Hülya cevap vermeden pencereden bakmak için ayağa kalktı.

— Biliyor musun Asiye abla, sokakları öyle özlemişim ki, tarifi mümkün değil.

— Tabii özlersin. Kolay mı? Biz bir hafta sokağa çıkmadık mı farkında o madan bunalıyoruz.

Hülya bir kaç saat sonra hemen mutfağa geçmişti. Asiye bunu görünce şaka ile söylendi.

— Ne o kız! Hemen mutfağa mı geçtin?

Hülya heyecanla cevap verdi;

— Ne yapayım Asiye abla. Ben ev sahibini kendisine hizmetçi yapanlardan olamam.

— Ama sen henüz misafirsin.

— Olsun. Mademki burası artık benim de evim oldu. O halde... Hem başka bir sebebi daha var.

— Neymiş o?

Hülya gülerek cevap verdi.

— Söyleyemem.

Asiye daha çok merak etmişti.

— Aaa... Ne demek söyleyemem! Merak ettim ne olur söyle.

— Akşama Taştan gelecek. Sizden beni isteyecek. Biraz hazırlık yapayım.

Asiye gülerek takılıyordu Hülya'ya.

— Hım... Seni yaramaz seni... Desene senin derdin başka.

Hülya gülerek söyleniyor.

- Aman abla... Yüzüme vurma, zaten utanıyorum.

Asiye biraz endişeli sordu.

— Akşam geleceğinden emin misin?

— Tabii eminim. Taştan sözünde durur.

— Aman Hülya, kendini fazla kaptırmışsın.

— Öyle heyecanlıyım ki... Birde annesi babası beni beğenmezse. Düşünürken kalbim duracak gibi oluyor.

— Canım, oğulları beğenmiş ya o yeter. Taştan çok temiz çocuk Hülya. Seni de seviyor. Annesi babası istemese de o seninle evlenir. Fazla düşünme.

— Biliyorum.

— Sen yine de biraz açık kapı bırak. Kesin gözüyle bakma ki bir aksilik olursa yıkılmayasın.

Mutfakta soğan soyan Hülya, birden irkilip Asiye'ye baktı.

— Nee! Allah korusun. Ben o zaman nasıl yaşarım?

— Yaşarsın yaşarsın... İnsanoğlu çok dayanıklıdır.

Hülya Taştan'dan bir kalleşlik geleceğine ihtimal bile vermiyordu.

Heyecanlı saatler geçiriyor, neyi nasıl düşüneceğini bilemiyordu.

Ya Taştan gelmezse. Daha bu konuşmalar bitmeden kapı çalınmış, Taştan gelmişti.

Sonra, Arslan Bey ve Recep Özkan ile konuşmaya başlamıştı.

Asiye fikrini söyledi.

— Biz yine Hülya'nın ailesinden onu isteyelim. Ne de olsa akrabalarıdır.

Karar verilmişti. Taştan'ın annesi babası gelince Hülya'yı istemek için babasına gideceklerdi.

Beklenen gün gelmişti. Nihayet Taştan ailesi, Eracun'ların evindeydiler.

Hülya'nın kalbi çarpıyordu. Taştan'ın annesini görür görmez anlamıştı, bu aile Hülya'yı istemiyordu.

Kadınla karşılıklı oturmuşlardı.

Bir süre kimse konuşmadı. Sessizliği Taştan'ın annesi bozdu;

— Bana bak kız. Benim bir evladım var. Sen beni yavrumdan mı edeceksin?

Hülya şaşkın şaşkın kadının yüzüne baktığında o devam ediyodu;

— Sen! Sen dul halinle oğlumu alacaksın ha. Değil dul, kız bile olsan cezaevinden çıkmış bir sabıkalıyı ölürümde yine gelin yapmam. Biz şerefli bir aileyiz.

Gözlerinden yaşlar süzülen Hülya birden ağlamayı kesmiş, sert ses tonuyla cevap veriyordu;

— Tamam bu iş burda biter. Ben kimsenin ailesiyle arasına giremem. Tamam aşkından deliye dönsem bile oğlunuzu asla almıyacağım, alın oğlunuz sizin olsun. Beni de o kadar küçük görmeyin. Sizin tertemiz evladınız da oraya düşebilir.

Karşılıklı tartışmalardan sonra gitmişlerdi.

Kadın gittikten sonra, yatağa kapanarak ağlamasını sürdürüyordu Hülya.

— Olur mu, olur mu Asiye abla? Sabıkalı olmak bu kadar aşağılık bir suç mu? Beni ben mi mahkum ettim? Üstelik beni kaderin kanunları değil, düzenin kanunları mahkum etti. Peki dul olmak günah mı? Bu nasıl insanlıktır böyle. Benim hayatım kaydı anlamına gelmez mi bu?

Asiye onu teselli ediyor, Taştan, bir kaç saat arayla haber gönderiyor, "beklesin ben ailemi ikna ederim" diyordu.

Fakat Hülya kararlıydı. On yıldır insan sarrafı olmuştu. Bu kadının oğlunu alsa da sonu iyi gelmezdi. O yüzden kararlıydı. Taştan'la asla evlenmiyecek, gerekirse kahrından ölecekti.

Hülya dışarıya çıkmış, karanlık sokaklarda çıldırmış gibi koşarcasına yürüyordu. Arkasından Taştan'ın geldiğini farketmişti.

Taştan üzüntülü olduğu halde seslendi.

— Hülya, dur!

Hülya sese kulak vermiyor, sadece Meymenet sokakta ağlayarak koşuyordu.

Taştan arkasından koşarak yetişmişti.

— Hülya beni dinle.

Karanlık sokakta durmuştu Hülya.

— Seni dinlesem ne olacak? Ben asla senin annene gelin olamam. Dul olduğumu duyunca, daha sabıkalı olduğumu anlamadan, yanındaki hanıma; "Kalk gidelim. Ben oğluma dul almam" demiş.

— Hülya biraz anlayışlı ol. Azıcık zaman geçsin. Onu ikna ederim.

— Hayır o kadın ikna olacak birine benzemiyor. Bırak beni Taştan? Kendi başımın çaresine bakayım. Başımı alıp gideyim.

— Saçmalama Hülya, bu saatte nereye gideceksin?

— Cehenneme kadar yolum var benim. Gitmek istiyorum, neresi olur bilmiyorum.

— Hülya! Annem halkın, örf ve ananenin etkisinde. Biliyorsun çevre çok önemli. Bizim oralarda bekar erkeğin dul kadın alması çok aşağılanan bir durumdur, annem de haliyle etkileniyor. Ama ben annemi ikna edeceğime inanıyorum.

— Aynı annen, sen dul olsaydın sana genç kız alırken "oğlum duldur, ona dul yakışır" diyecek miydi?

— Demez. Biliyorsun insanlık önce kendini düşündüğü için bozuldu.

— Müslümanlıktan bahsederken mangalda kül bırakmazlar, ama yaptıkları işlerde İslâm'ın yerini hiç sormazlar. Ben yeteri kadar, defalarca kurban oldum Taştan, bırak birkere de bu adaletsizliklerin kurbanı olayım.

Taştan üzülüyor, Hülya'yı bırakmak istemiyordu;

— İnat etme Hülya. Bunları aşacağız?

Hülya kararlıydı.

— Bu inat değil. İstenmediğim eve gitmeyi istememektir. Ben cezaevinde nelere şahid oldum biliyor musun?

— Tabii biliyorum. Cezaevine az mı girdim?

— Öyle dışardan girip, bir sayım yapmak demek, cezaevini bilmek demek değildir. Değil siz, hergün başımızda duran Gardiyanlar bile cezaevine girmeden cezaevini anlayamazlar. Oraya girmeden anlaşılamaz orası. Onun için benim gördüklerimi göremezsin.

— Her neyse bunları bırakalım Hülya, inat etme.

Gözyaşlarıyla cevap veriyordu Hülya.

— Bunlar inatla ilgili değil, hayatla ilgili kararlar. Ben seninle evlensem bile, ailen istemediği için bana huzur vermeyebilirler. Ben huzursuz olunca da sana huzur veremem. İkimizin hayatı da zindan olur. Ben çok zindanlar yaşadım, artık aydınlık yaşamak istiyorum.

Taştan Hülya'yı bu gece için ikna edemiyeceğini anlamıştı. Onu, sonra ikna etmek niyetiyle bırakmıştı.

Hülya ağlayarak Fatih sokaklarını geziyor, Taştan'da onu takip ediyordu.

Bu durum Taştan'ı üzüyordu.

Ya gören olur da, kendisinin bir kapalı kıza laf attığını zannederlerse. Zaten kapalı kızlara yeterince çamur atılıyordu, birde kendisi sebep olmamalıydı.

Bu düşüncelerle Taştan daha dikkatli hareket ediyordu.

•••

Yemekten içmekten kesilmişti Hülya. Aradan geçen her gün Hülya'ya daha karanlık geliyordu. Hülya, her geçen gün ruhen hasta oluyor, bir dediği bir dediğini tutmuyordu. Hülya tam bir deprasyon geçiriyordu.

Cezaevinden çıkan mahkum psikolojisini de herkes anlayamıyordu. Kendisini yine yalnız hisseden Hülya Asiye'ye sordu;

— Asiye abla... Çok sıkıldım. Acaba babama gitsem mi? Onu uzaktan birkez olsun görsem mi? Birşeyler yapmam lazım. Böyle yaşayamam.

— Sen şimdilik babanı bırak ta, önce İstanbul'daki akrabalarını ziyaret et.

Hülya'nın her zaman var olan alınganlığı yine tutmuştu;

— Tabii, ben bu evde fazlayım. Gitmemi istiyorsun ama onlar beni içeri bile almazlar. Birisine gittik de olanları gördün. Ne dedi. "Onu eve alıp çocuklarımı o.... yapamam," dedi. En yakınım bunu söyledi. Ötekiler de aynı olacak. Ben, onlar Allah'ından bulsunlar diyorum. Onlara gidemem. Bir daha da teklif etme.

Neydi bu olup bitenler?

Asiye karar vermişti. Hülya'dan dinliyecekti hayatını. Akşam olunca çay içerken sordu;

— Hülya, Taştan'ın derdine düştün, aklımdakileri soramıyorum. Önce bana ablamı anlat. Ablam cezaevinde ne yapıyor? Sonra da kendi hayatını anlat.

Hülya, hüzünlü, dalgın ve üzgün olarak nefes alıp vermeye başladı.

— Ablan mı? Sorma. Durmadan okuyup yazıyor.

Asiye cezaevindeki ablasını çok düşündüğü için içi acı dolu tekrar sordu;

— Ablamı anlat bana. Ne yapar, ne yer, ne içer? Bizi düşünür mü? Hiç ağlar mı?

Hülya, Asiye'nin ablası hakkında ne biliyorsa hepsini anlatmıştı.

— Sen ablanı tanımaz mısın?

"Bana göre her yer cezaevi" diyor.

Konuşma sırası Hülya'nın hayatına gelmişti.

— Ahh ah abla ah!... Hangisini anlatayım? Hayatımı iki şey perişan etti. En önemlisi gazetede çıkan yalan haberdi.

— Ne yazdılar?

— Yedi sevgilisiyle bir olup aşığını öldürdü, dediler. Babam ve ailem bu habere inandı. Beni arayıp sormadılar. Cezaevlerine terk ettiler. Yıllarım ağlamakla geçti. Ah neler çektim neler. Ablana söyledim, o hayatımı roman yapacak. Bunu sırf ibret olsun diye istiyorum. Bir de bu rejimden alınacak intikamım var. Bir de belki bir gazeteci okur romanımı da kimsenin canını yakmaz diye düşünüyorum.

— Hâlâ babandan bahsetmiyorsun, neden?

— Neden olsun Asiye abla. Annem, özellikle babam burnumun direğini sızlatıyor. Ama babama da çok kırgınım. Köye gidip, onu karşıdan seyredip döneceğim.

— Olur mu öyle şey? Babandır. Gider ona sarılırsın. Baba bu. Evladına dayanamaz.

Hülya çayını bitirmiş, ikinci bardağını dolduruyordu.

— Bilmiyorsun Asiye abla bilmiyorsun. Babama gider onun ak sakallarından öperim, ama beni eliyle iter de onunla görüşme umudumu ebediyyen kaybederim, diye korkuyorum. Bu umudumu kaybetmemek için yaklaşmam ona.

Göz yaşlarını silerek devam etti Hülya.

— Bırak be Asiye abla. Bir umudum daha ölmesin. "Umut bazen bir hazinedir" derdi ablan.

"Her şeyi kaybolmuş insanın umudu duruyorsa, hiç bir şeyi kaybolmamış gibi tekrar hayat bulur insan."

İşte ben o umudu kaybetmek istemiyorum.

Asiye birden bire sordu;

— Taştan'dan umudun var mı?

Hülya Asiye'nin gözlerine dalgın dalgın baktı.

— Bana artık Taştan lafı etme abla. Ondan umudumu kestim. Yüreğimde bir mezar açıp gömdüm onu.

— Boş ver yüreğinden de çıkar. Sana yakın olan yerdeki mezar seni yaralar.

— Neyse Taştan'ı da geçelim.

Bu arada kapı çalınmıştı. Gelen Asiye'nin babasıydı.

Asiye:

— Aaa! Babam. Hoşgeldin baba, buyur.

— Hülya kızımı görmeye geldim. Ne tarafta oturuyor?

— Gel baba. Şurda.

Hülya, kendisini ziyarete gelen birisinin oluşundan son derece mutlu olmuştu. Ayağa kalkıp misafire yer gösterdi.

— Buyur amca. Şöyle otur. Hoş geldin.

— Hoşbulduk hanım kızım. Nasılsın?

— İyiyim amca sağol.

— Seni gezdiriyorlar mı? İlgileniyorlar mı? Bir şikayetin var mı? diye sormaya geldim.

Hülya aslında mutlu değildi. Asiye'nin çocuklarının onu istemediğine inanıyor, çok huzursuz oluyordu. Ama büyüklerden memnundu.

— Sorduğun için sağ ol amca. Gezdirdiler. Beni Çamlıca'ya, Yuşa Aleyhisselam'a, Ayasofya'ya daha birçok yere götürdüler.

— Bak kızım. Ben senin durumunu anlıyorum. Hiç bir insan için kahrolmaya gerek yok. Aramızda yaşarsın. Harçlığın bitince benden istersin. Babandan ister gibi rahat ol.

Bir müddet konuştuktan sonra kızını sormaya başladı.

— Eee Hülya kızım. Birazda kızımdan söz et. Ne yapıyor, nasıl?

— Amaan sorma amca. Size o kadar düşkün ki anlatamam.

Gözleri yaşlı yaşlı sormaya devam ediyordu;

— Kızımın sıhhati nasıl? O hastalığını bize bildirmezde.

— Onun derdi sizsiniz amca. Babam namazlarını dikkatli kılıyor mudur, annemle arası nasıldır? Acaba parasız kalıyor mu? Devamlı sorduğu bunlar.

— Bilirim yavrumu. O her zaman bizi düşünür.

Asiye şaka yollu sözü böldü;

— Aşkolsun baba. Biz düşünmez miyiz?

— Tabii düşünürsün kızım. Allah bana bir lütufta bulunmuş.

Hülya'ya dönerek devam ediyordu baba;

— Bak kızım Hülya... Benim bunlardan başka dört çocuğum daha var. Onlara doğru dürüst babalık yapmadım. Birisi rahmetli oldu. Kızım Hacer, oğullarım Hüseyin ve

Fazlı, kötü durumda olsam yanımda biterler. Nasıl oldu bilmem, ben hayırsız babayım ama evlatlarım çok hayırlıdır.

Hülya, burdan kendisine pay çıkartıyordu; demek ki babalar hayırsız bile olsa, evlatlar hayırlı olabilirlermiş. Ben de olabilirim diye geçirdi içinden. Kafasına koymuştu, köye gidip babasını karşıdan karşıya görecekti.

•••

Günleri böyle geçiyordu Hülya'nın. Asiye'lerin dar evinde geniş gönüllerin varlığını biliyordu. Hele sık sık Asiye'nin beyi Arslan'ın tesellisi yok mu, ona rahatlık veriyordu. "Sen huzurlu ol bacı, sakın rahatsız olma." diyordu.

Artık tedirginliği yavaş yavaş gitmek üzere gibi olsa da, Hülya devamlı ağlıyor. Asiye'de bu ağlamalardan dolayı son derece rahatsızlanıp hastalanıyordu.

Derdini eşine döküyordu.

— Bilmem ki ne yapayım? Kendimi parçalıyorum. Hülya'yı mutlu edemiyorum. Ne yapsak nafile. Acaba gereken ilgiyi mi gösteremedik. Vallahi bu kız beni hasta edecek.

Hülya ne kendine, ne de etrafına huzur veriyordu. Asiye çocuklara bağırsa alınıyor, gitmeye kalkıyor, Asiye onu ikna edinceye kadar uğraşıyordu.

Ama bu ilgi Hülya'ya yetmiyordu. Hülya yavru ceylan gibi dünyada kimsesiz kalınca, bu kimsesizliğin verdiği hırçınlığı yaşıyordu. Ayrıca, ruhsal yönden sıhhatini kaybetmişti. Fakat bunun kimse farkında olmadan, herkes Hülya'yı mutlu edememenin üzüntüsünü yaşıyordu.

Bir gün Hülya öteki odadayken Asiye'nin çocuklarından biri annesine sordu;

— Anne! Bu Hülya teyzenin evi yok mu? Neden hâlâ evine gitmiyor?

Hülya duymuştu çocuğu, can evinden vurulmuştu. Asiye alçak sesle oğluna cevap veriyordu,

— Yavrum o nasıl söz öyle? Sakın Hülya duymasın.

— Duysun anne. O hep ağlıyor. Evine giderse artık ağlamaz. Onun ağlamasına üzülüyorum onun için sordum.

Hülya sevinmişti. Demek çocuklar çoğu kez büyüklerin izinde gidiyordu. Gülerek odasından çıkıp Serhat'ın yanına geldi,

— Serhat, söylediğini duydum. Teşekkür ederim, inşaallah bundan sonra ağlamıyacağım.

Hülya böyle söylese de aslında alınganlığı gidecek gibi değildi. On yıldır çektikleri ondan insanlığa güveni almış, onu çok alıngan ve kompleksli hale getirmişti. Asiye iki günde bir Hülya'dan şikayetçi olmadığını açıklamak, Hülya'ya güven tazelemek zorunda kalıyordu.

Bu arada Hülya'yı görmeye gelenlerde vardı. Ondan cezaevi hakkında bilgi almak, orda bulunan tanıdıklarını sormak, cezaevinde nasıl kapandığını öğrenmek istiyorlardı. Yine üç hanım gelmişti. Defalarca anlattığı halde aynı şeyleri tekrar etmek zorundaydı. Nasıl evinden koptuğunu, nasıl işkenceyle kocasının katilliğini üstlendiğini, cezaevinde neler çektiğini, inancını kaybetmediği halde nasıl İslâmî kavramlardan ve müslümanlardan nefret ettiğini bir bir anlattı.

Ziyaretçilerden birinci kadın sordu;

— Senin aklında en fazla kalan bir olayı anlatır mısın Hülya bacı?

Hülya evin sağ köşesinde oturuyor, soruların neresinden başlayacağını düşünüyordu.

— Hangisini anlatayım, o kadar çok ki.

— Canım hatırladıklarından anlat. Biz filimlerde görüyoruz ama onları uydurma sanıyoruz. İnsanın canlı ağızdan duymasının bir başka inandırıcılığı vardır.

— İçime dert olanlardan biri, Nazlı ILICAK. Beni karalayan yazının biri onun gazetesinde çıkmıştı. Bir gün birde baktım ki Nazlı ILICAK cezaevine geldi. O gece benim bedduamdan geldi diye sevindim.

— Canım kadın nerden bilsin, muhabirin doğru söylediğini zannetmiş olabilir.

— Ona hakkımı helal etmiyorum. Neden benimle hâlâ daha helalleşmiyor. Şimdi helalleşsin. Bir yiğitlik yapsın da, benim nasıl suçsuz yere yandığımı anlatsın. Televizyonlarda proğram yapıyor. İstese iki cümle ile şerefimi temize çıkartacak konuşma yapar, benden özür dileyebilirdi. Bu dünyanın ahireti de var. Nasıl olsa orda görüşeceğiz.

— Başka ne anın var?

— Gönül SİPAHİ. Onu hiç unutamıyorum. Kötü yola düşmüşlerin kurbanıydı. Çok açık ve güzel bir kadındı. Çocuklarını çok düşünen biriydi. Birgün baktım hücrede Emine ablayla konuşuyorlar. Ablam ona vaaz veriyor, o da o kadar güzel dinliyordu ki anlatamam.

Ben de o zamanlar açıktım. Emine ablaya da çok gıcık gidiyordum. Ama ne konuştuklarını da merak ediyordum, Hücrerin önünde dolabımız vardı. Sanki birşeyler arıyormuş gibi yaparak oyalanıyor, ablamı dinliyordum.

Bu arada yine kapı çalmış, bir hanım daha gelmişti. Onu da, hoş-beş faslından sonra konuşma ortamına almışlardı.

Birinci kadın Hülya'yı merakla dinlediği için hemen konuya girilsin istiyordu;

— Ee sonra?.. Sonra Hülya bacı... Ne anlatıyordu Emine abla?

— Çok güzel şeyler söylüyordu da, aklımda kalan en önemli konu şuydu. Diyordu ki Gönül'e;

— "Çağdaş yobazlar erkekleri öyle aşağılık mahluk olarak görüyorlar ki, sanki genelevi olmasa, orada kadınlar satılmasa, erkekler sokaktaki kadınlara saldıracak. Sokaktaki kadını tecavüzden kurtarma bahanesiyle, başka kadına devlet koruması altında çağdaşça saldırıyorlar. Kadınların akıllı olması, imanlı olması gerekir, bu inanç muhalefetine, kadın sömürüsüne son vermek gerekir." işte buna benzer şeylerdi. Sonra konu İslâma geldi. Ablam Allah'ın varlığından, yanlış tanıtılan İslâm'dan bahsetti. Öyle çok şaşırdım ki, İslâm'ı nasıl yanlış tanıtmışlar, kim tanıtmış, niye tanıtmış? diye bir soru takıldı aklıma.

Gönül ateşli ateşli soruyordu;

— Emine abla, ben çok günahkarım. Allah beni affeder mi acaba? dedi. Ablam da, "Tevbe eden herkesin günahını Allah affedeceğini söylüyor, yeter ki sen tevbe et. Allah'a dön, namazına başla", dedi. Bir çok konu, birçok kıssalar anlattı.

Bir de baktım, Gönül abla gözyaşlarıyla, hıçkırıklar içinde ablama soruyordu;

— Ah Emine abla! Sen daha önce nerdeydin ablam? Şimdi geç kalmadın mı? Neden bunları bana daha önce anlatmadın? dedi.

Emine abla onunla çok ilgilendi. Bulunduğu alemden sıyrılıp Allah'a dönmek istiyordu. Ve döndü. Cezaevinde namaza başladı. Herkesten gizli kılıyor, arkadaşlarının duymasını istemiyordu.

Gönül abla cezaevinden çıktıktan sonra niyetine göre yaşayamadı. Çevresi bozuktu. Ailesinden uzakta yaşıyordu. Karanlıktı yaşantısı. Onunla ben, cezaevinden çıktıktan sonra görüşmek üzere vedalaştık. Her zaman derdi ki: "Hülya, medeniyet adına ilk harcanan kadınların, hayat kadınları olarak sokağa atılanlar olduğunu biliyor musun?"

Onun bir de Fırat isminde oğlu vardı. O çocuğunu tanıyorum. Öyle sevimli bir çocuktu ki anlatamam. O çocuğun babası da bizim üstümüzdeki revirde kalıyordu. Adam kendi çocuğu olduğunu bilmiyordu. Bu durum beni öyle çok etkilemişti ki anlatamam. "Gönül abla çocuğu elimden alır" diye söylemiyordu. Bir gün bu Fırat'ı üst kattan istediler. Babası bu çocuğu çok sevmiş, kendi çocuğu olduğunu bilmiyor ha... Tıpkı Türk filmleri gibi.

— Demek ki bazı Türk filmleri daha gerçekçi imiş. Burdan bu anlaşılıyor.

Hülya hararetli hararetli anlatmasına devam ediyordu:

— Bilseniz hayret edersiniz, o çocuğa ne kadar yandım. Şimdi nerdedir, ne yapar? bilmiyorum.

Bir de Pakistan'ın Türkan Şoray'ı diye isim yapmış bir genç kız vardı. Öyle temiz biriydi ki anlatamam. Esrar satmak için onu kullanmış sevgilisi. Galiba yirmi yıl ceza almıştı. Kızcağız gazetelerde herzaman yazıldı-çizildi. Onun masum olduğuna inanmadılar. Şok yaşayan kızcağızı kimseler teselli edemedi. Kafayı bozdu. Birgün ona elektrik şoku verilirken gördüm, dişleri birbirene geçmesin diye ağzını eşarpla bağlamışlardı.

Öyle çok bağırıyordu, gözleri öyle dışarıya çıkmıştı ki, dayanamayıp bayılmışım. Ablam bu gibi işler için derdi ki, "düzenin bir kapısı suça itiyor, öteki kapısı tedaviye çalışıyor."

Daha ne anlatayım. Cezaevi işte. Birisi bana demişti ki, dışarda öyle hayatlar yaşanıyor ki, bu rejim insanların çoğuna cezaevlerini aratır.

— Allah düşürmesin.

— Kötü yola zaten Allah düşürmez insanı. Kullar düşürür.

Hülya masalcı ablalar gibi olmuştu. Her gelen soruyor, o da anlatıyordu.

Taştan'ı unutmamıştı ama adını da andırmıyordu. Hülya her şeye rağmen mutlu olmaya çalışıyordu.

İyice inanmıştı ki, bu evde onu istemeyen yoktu.

Haftalar böyle geçiyordu.

Bir gün her şeyi değiştirecek bir misafir gelmişti. Asiye tanıtmaya başladı.

— Bu abla eskiden ablama yardım ederdi, sonra ne oldu bilmem bizden koptu.

Çok çenebaz olan kadın, makinalı tüfek gibi konuşuyordu. Devamlı onun değerinin bilinmediğini söylüyor, bu yüzden ayrıldığını ima ediyordu.

Hülya kuşkulanmıştı. Acaba kendisi de öyle olur muydu. Endişeyle sordu:

— Sana ne yaptılar?

Kadın işaret ederek sonra anlatacağını ima etmiş, ardından ilave etmişti.

— Sen bize gelsene Hülya bacı, konuşur dertleşiriz.

Hülya ilk fırsatta bu kadını dinlemek istiyordu.

Çok geçmeden evindeydiler.

— Anlat abla, sen ne demek istiyorsun?

Kadın Hülya'ya gösterilen ilginin kendisine gösterilmemesinden doğan kıskançlıkla, akla gelmedik iftiralar atıyor, sonra devam ediyordu;

— Aslında seni hiç istemiyorlar. Ama senin anlayıp gitmeni bekliyorlar.

Hülya şok olmuştu. İnanamıyordu ama, kadın namaz kılan biriydi, sık sık Allah'tan korkmaktan bahsediyordu. İnanmaması için ne sebep olabilirdi. Kadın ikna edici konuşuyordu.

— Bak bacım. Senin o evde kalmandan bana bir zarar var mı? Bana ne, değil mi? Ben senin iyiliğini düşünüyorum. O evden ne yap yap, uzaklaş. Bak sana bir ip ucu. Asiye sana kal diyor ama hiç yüzü gülüyor mu?

— Ama o hastaymış. Deprasyon geçiriyormuş.

Gözlerini alaylı ifadeyle Hülya'nın gözlerine diken kadın itirazını şeytanca yapıyordu;

— Yalan! Sen gelmeden önce neşesi yerindeydi. Kocasıyla da hiç kavga etmezdi. Şimdi ediyor değil mi? Hepsini senin duyman için yapıyor.

— Sahi mi söylüyorsun?

— Tabii ki sahi söylüyorum.

— Öyle ya. Kendi akrabam beni istemezse, elâlem ister mi?

Hülya bağıra bağıra ağlıyordu;

— Ah çileli başım. Ben hiç gülmeyecek miyim? Allah'ım al canımı ne olur!

Kadın zehirini vermişti Hülya'ya, muradına ermişti.

Dakikalarca ağlayan Hülya sordu;

— Peki ben şimdi nereye gideyim? Ne yapayım?

— Git bir yerde hizmetçilik yap, bundan daha iyi edersin.

— Önce Asiye ablaya iyice dikkat edeyim, sonra düşünürüm.

Hülya şişmiş gözlerle eve döndüğünde Asiye sordu;

— Ne oldu Hülya? Yine ağlamışsın.

— Yok birşey Asiye abla. Malum dertlerim.

Bu arada Asiye'nin küçük oğlu Ebazer gelmiş, annesinin eteğinden çekiyordu;

— Anne su... su istiyorum.

Asiye refleks halinde çocuğa bağırdı;

— Dur biraz bekle, şimdi beni kızdırma, yeter. Bugün

iyice hırçınlaştın sen.

Hülya bu bağırmaların kendisine yapıldığından emindi. Bunalımından her hareketi kendisine çekiyordu, bir de şeytan kadının sözleri girmişti araya.

Buna benzer olaylar hep oluyor, Hülya her geçen gün ne yapacağını düşünüyordu.

Birgün Hürriyet gazetesi alıp ilanlarını okumuştu. Evde çalıştırılmak üzere bir kadın aranıyordu.

Asiye'ye haber vermeden Nişantaşı'ndaki adrese gitmişti.

Lüx bir binanın önünde durdu. Ne yapsaydı? Bu binanın duruşu bile onu ürkütüyordu.

Kapının önünde durdu bir süre... Düşündü... Ürperdi... İçin için ağlıyor, yanıyordu sanki.

kendisini zorlayarak apartmanın merdivenlerinden çıkıp zilleri okumaya başladı. Aradığı zili bulmuştu.

Birden kulağına bir ses geldi.

— Kim o?

Etrafına bakındı Hülya. Kimseleri göremiyordu. Ses tekrar etti.

— Kim o?

Sesin geldiği yeri farketti. Ses duvardan geliyordu.

Hülya duvarın konuştuğunu görünce birden delirdiğini düşündü. Kendiliğinden iniyordu gözyaşı.

Zavallı Hülya. Olaylar onu nasılda kendi başına götürüyordu. Son anda farketti durumu. Kısık ve titrek sesle cevap verdi.

— Benim... Gazetedeki ilan için geldim.

Kapı açılmıştı. Aynı ses devam etti.

— Asansör tam karşınızda.

Hülya asansörü filmlerde görmüştü ama asansöre hiç binmemişti.

Gelip asansörün önünde durdu. Bekliyordu ama içine girmeye cesaret edemiyordu. Sonunda cesaretini toplayıp asansöre girmişti. Şimdi de asansörün gitmesini bekliyordu.

Düğmeye basmasını bilmediği için dakikalarca beklemişti ama asansör gitmiyordu.

Karar verdi, on katlı merdivenleri yürüyerek çıkacaktı. Nefes nefese aradığı dairenin önüne gelmişti. Tekrar zile bastı. Kapıyı otuzbeş yaşlarında, çok boyanmış bir kadın açmıştı.

— Neden geç kaldınız, yirmi dakikadır sizi bekliyorum.

Hülya mahcup mahcup cevap verdi.

— Asansöre bindim, bekledim bekledim çıkmadı. Ben de yayan çıktım. Özür dilerim.

Kadın sigara tutan eliyle, işaret etti. Geç şöyle salonda otur, ben birazdan geliyorum.

Hülya salona girince kendisini rüya aleminde zannetmişti. Kendi kendisine söylendi;

— Aman Allah'ım! Bu nasıl bir ev?

Debdebeli salon Hülya'yı daha çok ürkütmüştü. Ama kararlıydı... Bekleyecekti... Anlının akıyla para kazanacak, kimsenin eline bakmayacaktı. İnsanlığın öldüğü dünyada, herkes kendi emeğiyle kazanırsa şerefini kaybetmiyeceğine inandırılmıştı.

Bir koltuğa oturmuş, kımıldamadan duruyordu. Ya gören olursa diye, sağına soluna bakamıyordu.

Bu arada kadının sesi duyuldu. Telefonda konuşuyordu.

— Baksana Jaleciğim. Sen Vakfa git, benim biraz geç kalacağımı söyle olur mu?

Hülya sevinmişti. Demek bu kadın Vakıfta çalışıyordu. O halde iyi biri olmalıydı.

Kadın konuşmasını bitirip Hülya'nın yanına gelmişti.

— Hoşgeldin, kusura bakma beklettim.

— Zararı yok. Ben alışkınım.

— Söyle bakalım. Sen bu örtünle mi çalışacaksın?

Hülya ürpermişti.

— Tabii.

Kadın sormaya devam etti.

— Canım ne gerek var böyle kapanmaya. Senin, için temiz olsun. Ben açığım ama kalbim temiz.

— Örtünmek önce Allah'ın emridir efendim. Bu bir kalp işi değildir. Ben müslümanım. İnancımın gereğini yapıyorum.

— Ben de müslümanım.

— O halde Allah'ın emrini küçük görmemelisiniz.

— Aaa! Ben küçük görmüyorum. İnançlara saygılıyım.

— Bu nasıl saygı? Evinize hizmetçi alırken bile bu örtüyü istemiyorsunuz.

Hülya'nın imanı galeyana gelmiş konuşuyordu;

— Bir örtülü kadın başı açık diye hizmetçiyi sorgulasa, o kadına gerici dersiniz. Peki sizin yaptığınızın adı ne?

Kadın bozulmuştu;

— Ne yani! Alttarafı hizmetçi olacaksın, ilk günden bana akıl mı veriyorsun?

— Hayır canım, benim öyle bir niyetim yoktu. Ama siz beni mecbur ettiniz. Benim saçlarım değil, ben iş yapacağım, hemen örtüme kafayı taktınız. Böyle olmaz ki efendim.

— Ama tek taraflı düşünüyorsun. Düşünsene, ben seni anlayışla karşılarım. Ama ben çevresi geniş bir iş kadınıyım. Misafirlerim gelecek, hizmetçi, gerici bir kız.

Hülya sinirle ayağa kalkmıştı.

— Rica ederim. Ben buraya çalışmak için geldim. Şerefimi çiğnetmek için gelmedim...

Kadın hata yaptığını anlamıştı.

Hülya'yı iyilikle iknaya çalışmasının, kendi ideolojisi bakımından daha iyi olacağını düşünüyordu.

— Oturun, ağzımdan kaçtı. Hani biliyorsunuz, örtülülere hep öyle derler ya. Onun için pot kırdım, özür dilerim. Sen dindarsın. Dindarlar affedici olurlar.

— Doğru. Ama dindarlar şerefini çiğneyenleri affetmezler. Bu konu çok farklı bir konu ama mademki özür dilediniz.

Kadın Hülya'nın bu halini hayranlıkla izliyordu. Onu hayranlığa götüren bir kadının kendisini böyle savunmasıydı. Kadının canını sıkan; O'nun, İslâm tarafında oluşuydu. Belki ikna edebilirdi. Sordu;

— Peki sen benim çok hoşuma gittin. Seninle bir anlaşma yapalım. Sokağa çıkarken kapan, misafirlerim geldiğinde başını aç. Oldu mu? Sana dolgun ücret veririm.

— Misafirlerinizin içinde erkekler var mı?

— Tabii var.

— O halde olmaz.

Hülya'nın imanı henüz eskimediği için bu teklifi büyük bir kararlılıkla reddetmişti.

Kadın, Hülya'nın ikna olmadığını görünce, bu defa dini kullanmaya başlamıştı;

— Bak ama sen henüz İslâmlığın kurallarını bilmiyorsun. Ne demiş Muhammed, "Zaman sana uymazsa sen zamana uy."

Hülya cezaevinde okuduğu bir kitabı hatırlamıştı. Ancak acizler güçlülere uyardı. "Allah'ın dini o kadar âciz mi ki, başkasının kurallarına uysun?" dedi.

— Ben okudum o yanlış, hadis değil.

Kadın hiç bilmediği dinin kavramlarını birbirine karıştırarak devam ediyordu;

— Peki ona inanmıyorsun, ya şuna ne dersin. Yine Muhammed celle ala söylemiş. "İbadetin yeri de, kabahatin yeri de gizlidir." Demekki gizli yerde kabahat işleyebilirsin.

Hülya bu zihniyeti çok dinlemişti ablasından. Alaylı ifadeyle güldü.

— Kimden gizli?

— Kadın şaşırmıştı. Hülya tekrar sordu;

— Kimden gizli yapılacak kabahat?

— Aaa! Senin fikirlerin fazla kemikleşmiş.

Hülya İslâm'ı bilmiyordu ama, bu kadına oranla biraz bildiğine inandığı için devam ediyordu;

— Ben etleşmiş fikir duymadım ki, kemikleşmişini kabul edeyim. Ben inanıyorum hepsi bu.

Oturduğu yerden tekrar kalktı.

— Galiba sizinle anlaşamıyacağız. Bana müsade.

— Doğru... Senin fikirlerin artık yoz tutmuş. Ben çağdaş bir kadınım, anlaşmamız mümkün değil. Gidebilirsin.

— Sonunda yine hakaret ettiniz. Benim ablam, "çağdaşın da yobazı vardır," derdi. Yani "çağdaş yobazlar," diyordu. Kadın çok sinirlenmişti evimden derhal defol, yoksa polis çağırırım.

— Ben zaten gidiyorum sizinle öteki dünyada görüşürüz.

Kadın eliyle işaret ederek;

— Hadi hadi, senin zırvalıklarını dinleyemem. Sen iş bulmak için Arabistan'a git kızım. Sizin gibileri orası paklar.

Hülya kapıya giderken dönüp mırıldandı;

— Tabii. Bu ülke sadece size ait, babanızın malı. Bizim ülkemiz değil. Sonra siz, Fransızlar gibi düşünürken Fransa'ya gitmiştiniz, biz de müslümanca düşündüğümüzde bir İslâm ülkesine gitmeliyiz. Öyle değil mi? Anlamadığım bir şey daha var. Bu ülke gavur ülkesi mi ki, bizi hep İslâm ülkesi zannettiğiniz ülkelere gönderiyorsunuz?

hep İslâm ülkesi zannettiğiniz ülkelere gönderiyorsunuz?

Kadın son sesiyle çığlık atıyordu;

— Defol! Seni bir saniye bile görmeye tahammül edemem.

Hülya bazen taşı gediğine koyuyordu;

— Bu konuda aynı duyguları paylaşıyoruz.

Hülya kendisini caddede bulduğunda bitkindi. Şimdi ne yapacaktı? Dalgın dalgın yürüyordu. Birden bir çocuk parkı görmüştü. Gidip orada oturmaya karar verdi.

Cezaevindeyken yıllarca parklarda oturmayı hayal etmişti. Şimdi oturuyordu ama cezaevi insanın ruhuna konmuşsa, insan için heryer dar bir yerdi. Gözü parkı görmüyordu. Çantasından gazeteyi tekrar çıkarıp ilanlara baktı. Nihayet biryer daha bulmuştu. "Pangaltı" diyordu adres. Sora sora gidiyordu. Yayan yürümek zorundaydı. Parası ancak onu eve götürebilirdi. İş bulamazsa yine dönecek, Asiye'ye biraz dolaştığını söyleyecekti.

Yarım saat sonra Pangaltı'ndaydı. Yine insanlara adresi soruyordu. Sonunda bulmuştu.

Dairenin zilini çalarken, kalbi yine heyecanla çarpıyordu. Aynı şekilde yine ses duydu;

— Kim o?

— Benim efendim. Gazete ilanıyla geldim.

Kapı açılmış, Hülya ikinci kata çıkmıştı. Bu defa yaşlı bir hanım açmıştı kapıyı. Saçları beyazlamış, yüzünde sevecen ifadesi olan kadın, Hülya'yı görünce önce şaşırmış, sonra buyur etmişti.

— Gel bakalım evladım gel. Geç şöyle otur.

Yine lüks bir salondaydı Hülya. Yaşlı kadının sevimli

hali ona moral vermişti.

Fakat bu kadında ilk soruyu örtüsüyle ilgili soruyordu;

— Sen her zaman böyle örtünür müsün?

— Evet teyze.

Kadın birden derin bir nefes aldı;

— Benim annemde örtünürdü. Sonra kıyafet devriminde mecburen açıldı. Peki, hiç açmaz mısın?

— Evde açarım tabi.

Yaşlı kadın birden kalkmıştı.

— Sen yorgundursun. Bende yemek yiyorum. Gel beraber yiyelim. Bizim Jale gelince de işi konuşuruz.

— Jale kim teyze?

— Kızım. Ama sakın ona teyze demeyesin olur mu?

— Olur tabii. Ne diyeceğim.

— Hanımefendi dersin, örtüne kızarsa sen onu bana bırak.

— Olur teyze. Teşekkür ederim.

Yaşlı kadın Hülya'yı sofraya oturtunca sordu.

— Şivenden anladığım kadarıyla sen doğulusun.

— Evet. Kürdüm.

Yaşlı kadının elinden kaşığı düşmüştü;

— Nee! Kürt müsün?

— Eveet. Bunda şaşıracak ne var. Bu ülkede milyonlarca Kürt yaşıyor.

— Aman kızıma Kürt olduğunu söyleme. O bütün

Kürtler'i PKK'lı sanıyor.

— Ama ben ırkımı saklayamam ki.

— Bak kızım. Ben seni sevdim. Böyle işler çıkarma da, seni işe alsın. İlerde söylersin. Şart değilya canım.

Hülya bir an düşündükten sonra itiraz etmedi.

— Olur teyze. Senin için olur. Ben de sizi çok sevdim.

Yemek yenmişti. Hülya teşekkür ettikten sonra sordu;

— Afedersiniz, bir namazlığınız var mı acaba? Namazım geçiyor da.

— Aa! Sen namazda mı kılıyorsun?

— Evet. Allah kabul ederse.

— Maşaallah.. çok güzel. Ben yetmişine giriyorum hâlâ kılmıyorum. Sen bu yaşta.

— Ee ne yaparsınız teyze. Emir Allah'tan gelmiş. Birgün inşaallah sizde kılarsınız.

Kadın kendisiyle alay ederek cevap verdi;

— Hıı... Evet... Öteki dünyada kılarım.

Hülya kadının kendisiyle alay ettiğini anlamamıştı.

— Ama orda namaz kılmak olmayacak ki.

— Şaka söylüyorum kızım. Biliyorum, biliyorum da 65 yıldır şeytan kanıma girmiş, namaz içimden gelmiyor.

— Gelir inşaallah. Seccade var mı?

Yaşlı kadın utanmıştı.

— Valla ne yalan söyliyeyim yavrum, yok.

— Zararı yok teyze, ben abeyimin üzerinde de kılarım.

Abdest alıp namaza duracağı sırada Hülya kıbleyi soracak oldu, "bu kadın bilmez, boşuna utandırmıyayım" diyerek kadına sormadan, tahmini olarak tespit ettiği yöne durdu.

Yaşlı kadın hayran hayran onu seyrediyor, derin derin düşüncelere dalıyordu.

•••

Saatler sonra Jale hanım gelmiş, Hülya'ya soruyordu;

— Başındaki örtü hep kalacak mı?

— Evet efendim.

— Çıkarsan olmaz mı?

Yaşlı teyze cevap vermişti,

— Canım bizim yanımızda açar.

— Erkek misafirlerin yanında açmaz mı?

Yaşlı kadın espirisi derin biriydi, cevap verdi;

— Erkek misafirler, nasıl olsa kadın saçını her zaman görüyorlar. Bu kızımın saçını görmeseler de olur. kızımız kel deriz.

Jale itiraz etmişti;

— Olmaz böyle şey. Başını açmıyor deriz, olur biter.

Yaşlı kadın sevinmişti;

— Aferin benim kızıma. Bu söz onu işe aldın demek anlamına geliyor.

— Peki referansın var mı?

— Anlamadım, o ne demek?

— Daha önce çalıştığın yerden sana bir belge, ya da kefilin var mı?

— Yok efendim. Ben ev işinde ilk defa çalışıyorum.

— Daha önce ne iş yapardın?

Hülya cezaevinde çalıştığını söylemeden bir yalan atmıştı;

— Efendim, benim babam zengindi. İflas etti. Geçen yıl da öldü. Onun için çalışmaya ihtiyacım yoktu.

— İstanbul'da mı oturuyorsun?

— Hayır. Evimiz Erzurum'da. Ben akrabalarımda kalıyorum.

Jale hanım biraz düşünceliydi;

— Hadi örtünü hallettik. Ama benim çocuğum var. Onu sana teslim edip gideceğim. Evimi teslim edeceğim. Tanımadığım bir insana nasıl güveneyim?

Yine yaşlı kadın cevap veriyordu,

— Canım bu kızımızın yüzünde bile referans var. Unuttun mu, geçen yılki kızımızı. Fabrikatör Sami Beşir'den referansı vardı, ne oldu? Olan benim gerdanlığa oldu.

Jale biraz düşündükten sonra cevap vermişti;

— Tamam. Seni işe alıyorum. Yalnız çocuğuma dincilik aşılamıyacaksın. Temizlikte kaytarma olmayacak. Annemle bazen dışarı çıkacaksın. Bazen de köpeğimi gezdireceksin. Yemek yapmasını biliyor musun?

— Bilirim efendim.

— Ha! O halde bir deneriz güzel yemek yaparsan ücretin biraz daha fazla olur.

Haa unutuyordum, komşu dairelerdeki hizmetçilerle görüşmek yok. Sabah geleceksin, akşam gideceksin.

Hülya başını öne eğmiş mahsunlaşmıştı;

— Acaba yatılı kalamaz mıyım?

Yaşlı kadın atılmıştı;

— Kalsın kızım kalsın. Senin geceyarısı geldiğin zamanlar ben çok korkuyorum. Benim odamda kalır.

— Peki peki anne. Galiba sen bu kızda cevher buldun.

— Tabii buldum. Onunla kalbim konuşuyor. Kalbim.

Hülya sevinçli ifadeyle cevap verdi;

— Teşekkür ederim teyze.

Hülya evde çocuk arıyordu;

— Afedersiniz, çocuk nerde?

— Öyle uykusunda. Hâlâ uyanmadı.

— Kaç yaşında?

— Daha beşine girmedi.

Yaşlı kadın espiriyle cevap verdi:

— Yuvada durmadı çocuk. Tutturdu annemi isterim diye. Annenin de yuva için yaşı tutmayınca olmadı, ben bakıyordum, tam bir haftadır ben bakıyorum.

— Hanımefendi ne işle meşguller?

Jale taviz vermek istemiyordu;

— Sen benim işimi neden sordun?

Hülya bu sorudan birşey anlamamıştı.

— Efendim, hanımefendiler hizmetçilerinin her şeylerini sorar da, hizmetçi hiç bir şey soramaz mı? Ben bu kuralları bilmiyorum da.

— Şey... Sorar tabii. Ama biraz erken.

Üstelememişti Hülya. Zaten yaşlı kadın "sus" işaretini yapmıştı.

Herşey garanti olmuş, Hülya derin bir nefes almıştı. Namuslu yaşantıdan ödün vermeden, İstanbul'un belirsiz girdabında boğulmadan kurtulacaktı.

Artık rahat nefes alıyordu. Bu yaşlı kadını çok sevmişti. Gayet iyi anlaşmışlardı.

Hülya tedirgin tedirgin sordu;

— Afedersiniz, işe yarın başlasam olur mu?

— Tabii olur. Git yakınlarına söyle haberleri olsun.

— Ben onlara telefonla da haber veririm. Dün gece hiç uyumadım. Bana müsade ederseniz biraz uyumak istiyorum.

Jale'nin hoşuna gitmemişti bu iş. Yaşlı kadın;

— Tabi tabi. Uyumak insana has bir şeydir.

Çok geçmeden yanlışını farketmişti;

— Hay Allah! Hayvanlarda uyur değil mi? Filin uykusunu doğrusu çok merak ediyorum. Ama onun gözleri var. Şu pirenin nasıl uyuduğunu daha çok merak ederim.

Gülüşme sesleri yaşlı kadının hoşuna gitmişti.

Hülya günlerdir ilk kez böyle neşelenmişti.

Yaşlı kadın yine devam etti.

— Benim asıl merak ettiğim şey, ben rüyamda nasıl uyuyorum? Onu görmedim.

Yine bir kaç saniye durakladıktan sonra kendi sözünü, mutfağa doğru giderken kendi eleştiriyordu;

— Ama ben normal zamanda da uyurken kendimi hiç

görmedim ki. Ne büyük eksiklik.

Jale annesinin bu konuşmalarından rahatsız olmuştu.

— Anne hiç kimse kendisini uyurken göremez ki.

— Bu ne demek, ben kendimi her yönümle görmedim demektir.

— O halde çok merak ediyorsan, seni kamaraya alalım.

— İstemem.

— Neden.

— Ya kamara oyunlarıyla beni yaşlı ve çirkin gösterirlerse.

— Aman anneciğim, bunların sırası mı şimdi?

— Zaten bu tip konuşmaların sırası olmazki. Konuşuyoruz işte.

Yaşlı kadın mutfağa gidince Jale hanım Hülya'ya durumu düzeltme konuşması yapıyordu;

— Annem biraz bunadı. Sen ona aldırma.

— Ama çok sevdim annenizi.

— Sevimlidir. Fakat insanı utandırıyor bazen.

— Ben hiç öyle görmüyorum.

— Ben laubaliliği sevmem de.

Yaşlı kadın seslendi:

— Hülya! Gel kızım, sana yerini göstereyim de uzan.

— Peki teyze, geliyorum.

Hülya lüks bir odaya götürülmüştü.

Yaşlı kadın:

— Bak şu yatak senin, bu da benim. Gece horlar mısın?

— Hayır teyze.

— Ben biraz horlarım. Ama sen duymamazlıktan gelirsin. Zaten kızım o yüzden yatılı istemiyordu.

— Yaa... Demek beni düşündü. Sağolsun. Ama ben hertürlü sese a....

Hülya kıl payı ağzından kaçırıyordu. "Ben hertürlü sese alışkınım, cezaevinde binlerce insanla aynı koğuşta yattım," diyecekti.

Yaşlı kadın;

— Ne diyecektin?

— Birşey yok teyze. Maşaallah gözünüzden birşey kaçmıyor.

— Kaçmaz. Daha doğrusu gözümden kaçar da, kulağımdan kaçmaz. Sevmediğim insanın yanında sağır olurum. Kızım da bana bunak der. Zavallı, kendi erken bunama oldu, ne diyeceğini bilmiyor.

Hülya bu yaşlı kadının her sözüne için için gülüyordu.

Artık mutlu hissedecekti kendini. Yorgun-argın kendisini yatağa atıp derin bir uykuya daldı.

Uyandığında güneş batmak üzereydi. Hemen abdest alıp ikindiyi kıldı.

Yaşlı kadınla Hülya, biraz daha sohbet edip, gece yarısından sonra yatmak için odalarına çekilmişlerdi.

Hülya sordu;

— Teyze, sizin isminiz nedir?

Bir taraftan perdeleri örten yaşlı kadın:

— İsmim İsmet.

Hülya şaşırmıştı;

— İsmet erkek ismi değil mi? Yoksa kadın ismi de, erkekler mi takmış?

— Galiba erkek ismi. İsmet Paşa babamın komutanıymış gençliğinde. Oğlum olunca ismini İsmet koyacağım demiş. Kız olunca da sözünden dönmemiş. Babam erkek adamdı, sözünden dönmezdi.

Hülya tuhaf konuşmuştu.

— Keşke Vehibe koysaymış.

İsmet hanım Hülya'ya gözlüğünün altından bakarak cevap verdi;

— Babamın komutanı o değilmiş ki.

Yattıkları yerden konuşmalarını sürdürüyorlardı.

İsmet hanım farklı konuya girmişti.

— Ee baban ölünce annen ne yaptı?

Hülya şaşırmıştı. Birden toparladı, yalan söylediğini hatırladı. Artık her yalanını kurtarmak için bir başka yalan söylüyordu. Baştan doğru konuşsa, doğru sözünden dolayı işe alınmayacağını biliyor, yalanın daha çok işe yaradığına inanıyordu...

Mırıldanarak cevap verdi:

— Annem mi? Annem de öldü.

İsmet hanım üzülmüştü.

— Allah rahmet etsin derler. Ne mutlu annene ki senin gibi kızı var. Ona her zaman Kur'an okursun. Özeniyorum böyle evlatlara.

— Merak etmeyin teyze, sizin evlatlarınızda okurlar.

Kadın suratını buruşturarak cevap verdi;

— Onlara vermedim ki, alayım. Ben bildiğim Kur'anı da unuttum, anneme, babama, birkere okumuyorum.

İsmet hanım ellerini şöylesine savurduktan sonra devam etti;

— Basarlar parayı, bir mevlüt okuturlar. Hem de şöhretli mevlüthanlara. Onlar okutadursun, kimbilir ben öteki dünyada ne yapıyorumdur? Boşver, kimseden kimseye fayda yokta, teselli işte. Laf olsun... Ay ruhum karardı, bu konuyu kapatalım. Ahiret, ölüm, bu sözlerden kaçmak lazım.

— Peki kaçarsak kurtuluyor muyuz?

İsmet hanım biraz duraklamıştı;

— Canım teselli... Sen yat uyu artık. Yarın temizlik yapacaksın. Benim cadaloz kızım çok dırdır eder. Yorgun olursun, güzel iş yapamazsın. Sahi bizim yumurcağı sevdin mi?

— Sevmez miyim? Çok sevimli bir çocuk. Ama çok yaramaz galiba.

İsmet hanım gururla konuşuyordu;

— Zeki çocuklar fıkır fıkır olurlar, yerinde duramazlarmış. Ben de çocukken çok yaramazmışım.

— Yani zeki imişsiniz?

Kadın gözlerini çevirerek sordu;

— Ne demek imişsiniz? Şimdi zeki birine benzemiyor muyum? Yaşlandım diye zekamın eksildiğini sananlar yanılıyor. Ben şimdi daha zekiyim. Bak seni nasıl bir görüşte dindar bir kız olduğunu anladım.

Bu konuşmalardan sonra her ikisi de uyumuştu.

Sabah ezanıyla uyandı Hülya. Uzaklardan gelen ezan sesi onu çok duygulandırmıştı. Yatağın üzerinde oturup bir müddet düşündü. Sonra sabahın habercisi zamana gözyaşlarıyla katıldı.

Başını dizlerinin üzerine koyan Hülya çok severek ezberlediği şiiri okudu kendi kendine.

BÜLBÜL

Yanlızlık çeken Bülbül sana geldim.
Bir garip duyguyla ben sana özendim
Kimseler anlamaz kalbim dilinden
Bezdim bu candan, gerçekten bezdim.

Benden daha şanslısın ey bülbül!
Hiç olmaz beklediğin belli, bir gül.
Ben gibi umutsuz biri olaydın,
Nasıl şakırdardın, ey canım bülbül. (E.Ş.)

Bu şiir Hülya ile konuşuyordu sanki. Hülya her mısrada kendisini buluyordu.

Yatağından kalktığı zaman odanın içinde gezinmeye başladı. Yabancı bir evde kalmak ne zor bir şeydi. Ama hayat ona bu zemini hazırlamıştı. Dayanmalıydı, başka çaresi yoktu.

Gidip abdestini aldı. Yavaşça tekrar odaya girdiğinde

İsmet teyzenin uyandığını farketti.

İsmet teyze;

— Hayrola kızım, neden uyumuyorsun?

— Uyudum teyze. Sabah namazına kalktım.

İsmet teyze başucundaki lambayı yakıp saatine baktı.

— Aman Allah! Bu saatte namaz olur mu? Çok erken.

— Ezan okundu.

— Bu tatlı uykudan kalkıp namaz kılmak olmaz ki kızım.

— Zaten sabah namazı o yüzden yirmi rekatlık teravih namazından daha sevapmış. Üstelik sadece sünneti.

Ben sizi uyandırmak istemezdim, kusura bakmayın.

— Yók, zararı yok. Jale rahatsız olmasın da, sen beni düşünme. Hadi Allah kabul etsin.

İsmet teyze, yorganı üzerine çekip tekrar uykuya devam etmek istiyordu.

Hülya sabah namazının sünnetini kılıp selam verdiğinde, İsmet teyze birdenbire yorganı üzerinden çekip yatağında oturdu.

— Anladım.

Hülya şaşırmıştı. Farzını kılmak için ayağa kalktığında sordu;

— Ne oldu, neyi anladınız teyze?

— Sen içinden benimle alay ediyorsun.

— Estağfirullah. Bu da nerden çıktı?

— Biliyorum, biliyorum. Diyorsun ki, altmışbeş yaşındaki kadın, bir ayağı çukurda. Halâ namaz kılmıyor, utanmadan zıbarıyor.

Hülya çok şaşırmıştı;

— Aman teyze, bunları nerden çıkarıyorsun?

— Biliyorum, biliyorum. Diyorsun ki, müslümanlığı kimseye vermez, ama namazını bile kılmıyor. Ölünce de mevlüt ister. Utanmaz, bunak diyorsun.

— Vallahi öyle birşey düşünmedim teyze. Bunlar sizin tahminleriniz. Ben başka şey düşündüm.

— Ne düşündün?

— Keşke teyze de kalksa dedim. Hepsi bu.

— Peki...

Bir müddet sessiz duran teyze namaza duran Hülya'ya bakıp mırıldandı;

— Ben yine yatıyorum. Allah kabul etsin.

Tıpkı tiyatrolardaki güldürü sanatçılarını andıran teyze, Hülya ikinci rekattayken yine yatağında oturdu.

— Sana birşey söyliyeyim mi? Biliyorum o sözleri sen değil, benim içimde birisi bana söylüyor.

Günler böyle geçiyordu.

Öte taraftan Asiye, eşi ve Recep Özkan Hülya'yı aramışlar, çok sonra ondan haberdar olmuşlardı. Mesele anlaşılmıştı. Hülya bu evde rahat edememişti. Bu duruma en çok üzülen kişi Asiye'ydi.

Hülya bayağı alışmıştı yeni yerine. İsmet teyzenin sayesinde derdini unutmaya çalışıyor, altmışbeş yaşındaki bu kadını böyle gamsız yapan unsurun zenginlik olduğunu düşünüyordu.

Dört-beş gün sonra Hülya şirin kızı uykuya yatırmış, ona masal okuyordu. Birden telefonun sesiyle irkildi. Telefonu İsmet teyze açmıştı;

— Alooo!

Ahizenin öbür ucundaki kızı Jale'ydi; ona misafirlerin geleceğini söylüyordu.

— Ne! Yarın akşam mı? Yemekli... Aman Jale kızım vazgeç şu huyundan. Yorulmaktan başka birşey değil bu.

Jale kızmıştı.

— Tamam tamam. Dur Hülya'yı vereyim, konuş.

Sonra salonun öteki ucundaki Şirin'in odasına doğru seslendi;

— Hülya! Gel kızım. Telefon sana.

Hülya koşarcasına telefona gelmişti.

— Buyrun!

— Ben Jale. Hemen git, bizim caddenin hizasındaki restoranta şu yemek siparişlerini ver. "Jale hanım gönderdi" de. Sakın en ufak bir aksaklık yapılmasın. On kişilik çorba. Yok yok, çorbayı sen yaparsın. onlar, köfte, türlü, İzmir kebabı, yerler. Daha doğrusu, git onlara benim numaramı ver, beni arasınlar. Onlarla konuşarak daha iyi hallederim. Sen git on şişe viski, iki şişe yeni rakı al. Hülya'nın beyni dönmüştü.

— Nee! İçki mi alacağım?

— Evet, bunda birşey mi var?

— Ben içki alamam, bu mümkün değil efendim.

— Aaa, neden alamaz mışsın?

— İnancıma aykırı efendim.

Hülya inancından hiç taviz vermiyordu. İmanı eskimeyen insan davasına dipdiri yapışırdı. Ya eskiyince neler olurdu?

Jale hanım "inancıma aykırı" sözüne çok bozulmuştu.

— Komik olma Hülya. Sen içmeyeceksin, sadece satın alıp getireceksin.

— Olsun efendim. Alamam... Ölürüm de yine alamam.

— Hülya! Çok ileri gidiyorsun. Bunlar hoşuma gitmiyor ama şimdi tartışacak vaktim yok. İçkiyi ben getiririm. Sen restoranta git, dediğimi yap, yarına hazırlıklı olunsun. Öbürgün seninle bu konuları görüşelim.

— Olur efendim.

Kendisini köle gibi görüyordu Hülya. Şimdi de işten atılacağının mesajını almıştı. Olduğu yere çöktü.

— Kahrol düzen kahrol... Bu insanları ve beni bu duruma sen düşürdün. Verdiğin acıların bedelini mutlaka ödeyeceksin.

Kendi kendine konuşan Hülya'nın yanına teyze gelmişti.

— Ne oldu Hülya?

— Ne olsun? "İçki almam" dedim diye bana çok kızdı. "Öbür gün bu konuyu konuşalım, sana çok fazla taviz verdim," dedi.

Yüz hatlarını kırıştıran teyze söylendi;

— Çok bilmiş o. Sen korkma, ben varım. Onun içkici dostları uğruna ben seni kaybetmem. Sen hiç merak etme. Ben onun üstesinden gelirim.

Hülya sevinmişti.

— Sosyetenin içinde sizin gibi iyi insanların olduğunu bilmiyordum. Teşekkür ederim.

— Yavrum, sonradan görme özentiler her yerde aynıdır. Bak geçen gece, Şermin'le Jale, aynı model elbise giymişler diye ikisi de üzüntüsünden kahrolmuşlar. Bu tür haller neyin göstergesidir? Herkesten ayrı görünmek arzusunun göstergesidir. Hiç... Laf olsun işte. Sosyetenin içinde insan kalmayı başaranlar vardır kızım. Ama gösteriş budalaları fazla boy gösteriyor. Sen merak etme tamam mı?

— Oldu teyze, sağol. Allah senden razı olsun.

— Amin ama. Allah'a yarar bir işim de yok. Bilmem ki, Allah benden razı olur mu?

Hülya gülerek devam ediyordu.

— Valla çok ilginçsin teyze. Kendini Allah'a karşı hem suçlu hissediyorsun, hem de...

— Dur, ben söyliyeyim. Hem de Allah'a kul olmuyorum değil mi? Biliyorum, biliyorum da. Çevre. Bizim çevre şeytandan daha ustadır. İnsana hep şeytanın işine gelen şeyleri alkışlatıyor. Benim rahmetli bir gün söylemişti. "Hanım" dedi. Biliyor musun, biz çevre uğruna kendimizi şeytana adadık. Ya öbür dünya varsa ne yapacağız?" Rahmetli şimdi orda. Ne yapıyor bilmem.

Hülya duygulanmıştı.

— Yaa! Demek bunları söyleyecek kadar düşünüyormuş. Peki siz ne yapmayı düşünüyorsunuz?

— Bilmem. Başımı örtsem gerek kalmadı. Zaten iki tel saçım var, açık olması daha itici. Kim benim saçlarıma bakar? Zaten örtünsem herkes bana güler. Namaz kılmak istiyorum, dizlerim ağrıyor. Daha doğrusu kızım etrafta örnek kimse yok.

— İyi ya, o halde siz başkasına örnek olursunuz.

— Olmaz be kızım. Yaşlı bunadı da onun için kapandı derler.

— Genç olsaydınız o zamanda beynini yıkadılar diyeceklerdi. Yani, insanlar her zaman söyleyecek bir şey bulurlar.

Teyze sağ elini yüzünün önünden şöylesine sallayarak konuyu değiştirmek istedi.

— Aman sen de, herşeye bir şey buluyorsun. Şirin uyudu mu?

— Uyumak üzereydi. Bakayım.

— Tamam bak, sonrada çamaşırcı kadının yanına git. Kadının bu gün keyfi yok.

— Ne olmuş ona?

— Bilmem. Kocası döğmüş galiba.

— Vah vah...

— Ne oldu?

— Kocasından dayak yiyen kadınlara çok üzülüyorum.

— Neden üzülüyorsun? Yemesinler. Ben otuz yıl evli kaldım. ..

Sonunu getirememişti.

— Eee sonra?.. Otuz yıl evli kaldın.

— Ehh boş ver. Taş patlasın otuz kere dayak yedim. Kumar yüzünden. Çok para kaybettim.

— Aa! Sahi mi?

Hülya salondaki koltuğa oturunca, teyzede karşısına geçti.

— Sahi ya. Bir defasında yirmibin mark kaybettim. Artık türk parasıyla kumar bile oynanmıyor.

— Kadının kumarcısını eskiden duymamıştım bile. Ama hayat bana çok şeyler gösterdi. Öyle şaşırıyorum ki, kadın nasıl kumar oynar?

İsmet hanım kültürlü, mizahı bol ve dünyayı iyi bilen bir kadındı, cevap verdi.

— Şunu hiç bir zaman unutma kızım. Erkeklerin yaptığı her günahı, bir gün kadınlar mutlaka yapar. Bu bir toplumsal kuraldır. Zaten her kötü alışkanlıklar önce erkeklerden başlar. Bu ülkede içkiyi önce erkekler içti, kumarı önce erkekler oynadı, genelevi önce erkekler açtı, uyuşturucuyu önce onlar başlattı. Sonra kadınlar da katıldı. Erkeklerin yaptığı her işi kadınlar yaptı. Onları kızları takip eder. Toplumda böyle bozulur işte. Sen bizim sosyetenin Billur Kalkavan'ını tanır mısın?

— Evet, gazetelerden tanırım.

— İşte ona özenen o kadar insan vardır ki, o ne yaparsa onlarda onu yaparlar. Billur hiç özenti değildir, ama onu taklit edenlerin hepsi özentidir.

— Ben ona bir demecinden dolayı çok kırıldım ama. İster özenti olsun ister olmasın bize hakaret etti.

— Neymiş o?

Bu arada Şirin'in ağlama sesini duydular.

Hülya hemen koşmuştu. Patronun çocuğu da patron gibiydi. Ya annesine şikayet ederse... Hülya bir çocuğa bile yağcılık yapmanın eşiğinde oluşundan dolayı kahroluyordu. Kendisini alçalmış gibi görüyordu.

— Ne oldu Şirin? Birşey mi istiyorsun?

Ağlamasını sürdürüyordu çocuk;

— Annemi... Annemi istiyorum.

— Ama annen işte yavrum. Akşama gelecek.

İsmet teyze de gelmişti;

— Gene aksiliğin mi tuttu Şirin'im? Anneannen yer seni. Gel bakayım, gel yavrum.

Şirin'de anlayamadıkları kaprisleri artıyordu;

— Anneanne babam ne zaman gelecek?

Birden bire neşesi kaçmıştı İsmet hanımın. Bu sorunun sorulmasına bile tahammül edemiyordu. Çocuğu ninnilerle uyutmuştu.

Kapısını çekip dışarı çıktılar. Hülya temizlik yapacaktı. Sabah misafir salonunu temizlemişti, şimdi sıra oturma odasındaydı. Temizlik kovasını, gerekli malzemeleri alıp temizliğe başladı. İsmet hanım, hep Hülya'nın yanında olmak istiyor, o iş yaparken onunla konuşmak hoşuna gidiyordu. Zaten Hülya'yla çok samimi olmuşlardı. Hülya da onun yanında mutluydu. Gece yatağına yattığında sessizce ağlıyor, gündüz kimseye göz yaşı göstermiyordu.

Temizlik yaparken cezaevinde nasıl yıllarca temizlik yaptığını hatırladı. Tek tek ranzanın altlarına eğilir, kiminden azar işite işite görev yapardı.

Kendi yazdığı şiirine de bir beste yapmış, şarkı gibi sıksık onu söylüyordu;

"İSTİYORUM

Bir dünya istiyorum,
Parmaklıksız, kilitsiz, gardiyansız.
Bir dünya istiyorum,
Nemsiz ve rutubetsiz.
Bir dünya istiyorum,
Özlemsiz, hasretsiz.
Öyle bir dünya olmalı ki bu,
Özgür ve de kelepçesiz." (H.T.)

Cezaevinden hiç bir farkı yoktu hayatının. Bir kelepçesi eksikti ama manen o da vardı. Bunları düşünürken dalmıştı... Acaba birgün düzelecek miydi bu durumlar?

Sonra Taştan'ı düşündü, acaba Hülya için ne düşünüyordu?

Birden teyzenin sesiyle kendine geldi.

— Hülya!

— Efendim teyze.

— Sen ne düşünüyorsun? Ben insanı gözünden tanırım, bir şeylere daldın, söyle bakalım nedir onlar?

— Doğru. Gözler içerdeki hüznü söyler, bazıları da bunu anlarmış.

Üstü kapalı konuşuyordu Hülya.

— Biliyorsun teyze. Annemi babamı düşünüyorum. Sahi, Şirin'in babası nerde?

Yüzünü buruşturmuştu İsmet teyze.

— Gitti.

— Nereye?

— Bilmem. Benim kız istemedi onu. Aralarında bir şey geçti ama ne geçti bilmiyorum.

— Ben babalarını özleyenlerin ruh halini çok iyi biliyorum. Bu gece Jale hanımla konuşsam.

— Allah korusun. Adını bile anmıyor, andırmıyor.

— Benim bir ablam vardı. O derdi ki, "kadın ayrıldığı adamın sözünü iki nedenden dolayı etmez. Biri çok nefret eden kadın, öteki çok aşırı gurur yapan kadın." Jale hanım hangisinden?

— Onu bilmem. Ama bana kalırsa sorma.

— Peki mahkeme kararıyla ayrıldılar mı?

— İki ay sonra son mahkemeleri varmış.

— Peki, damadınız nerde? Ben onunla konuşsam. Böyle arabulucuklar sevaptır.

— Peki, ben damadımın telefonunu sana veririm ama beni ele verme yok oldu mu?

— Oldu teyzeceğim, sen hiç merak etme.

— Ya ağzından kaçırırsan?

— Hayır... Allah'ın izniyle kaçırmam.

— Sen işleri bitir, ondan sonra telefon aç. Akıllı kızsın, belki sen başarırsın. Sosyetenin içinde böyle şeylere kalkışan pek bulunmaz. Candan dostları bile yoktur da, çoğu küçük gördükleri hizmetçileriyle dertleşirler.

Hülya alınmıştı.

— Hizmetçilerle dertleşmek suç mu?

— Hayır, yanlış anladın kızım. Hizmetçiyi küçük gördükleri halde, onlardan başka dertleşecek kimseleri olmadığını dile getiriyorum. Öf sıktın ama. Anlamak istemiyorsun.

— Anlıyorum, anlıyorum da... Ne bileyim, ben çok alınganım.

— Olmayacaksın... Alıngan olmayacaksın. Bırak başkaları alınsın.

Hülya akşama doğru günlük işini bitirmişti. Aklında olan konuyu halletmek istiyordu.

İsmet teyzesinin yanına gitti:

— Hani bana telefon verecektin ya.

Teyze kucağındaki çocuğu işaret ederek,

— Sonra veririm. Şimdi sırası değil.

Çocuğun öteki odaya gitmesini istiyorlardı ama çocuk gitmiyordu. Sonunda İsmet teyze yolunu bulmuştu. Bir kağıda damadının adını ve numarasını yazmış, kendisi çocuğu alarak öteki odaya gitmişti.

Hülya telefonu açmıştı.

— Alo...

— Buyrun.

— Bekir beyle görüşmek istiyorum.

— Kim arıyor efendim?

— Beni tanımazlar mümkünse...

— Bekir bey tanımadıklarıyla görüşmez efendim. Siz bana söyleyin ben ileteyim.

Hülya sekreterin bir insan olduğunu, onu ikna edebileceğini düşünüyordu.

— Hanımefendi, konu çok önemli, hayati bir durum. Ne olur bağlayın.

Bir müddet dil döktükten sonra sekreter ikna olmuştu;

— Biraz bekler misiniz.

Belli ki sekreter Bekir beye soruyordu. Çok geçmeden telefon bağlandı.

— Buyurun, ben Bekir.

— Hülya sıkılmıştı, birden bire ne diyeceğini bilmiyordu.

— Efendim, ben Şirin'in bakıcısı Hülya.

Adam birden duraklamıştı. Hülya tekrar açıklamaya ihtiyaç olduğunu düşündü.

— Ben kızınızın bakıcısı Hülya'yım. Sizinle özel olarak görüşmek istedim. Müsade eder misiniz?

— Buyurun, tabii...

— Şey, nerden başlıyacağımı bilemiyorum. Kızınız hep sizi görmek istiyor. Ben de babasına yıllarca hasret kalmış bir insan olarak buna dayanamadım. Özel bir soru, afedersiniz, mahkemeniz devam etmeseydi sormazdım. Neden ayrıldınız?

— Neden soruyorsunuz?

— Sizi barıştırmak mümkün olur mu diye düşünüyorum da, onun için beyefendi.

— Mümkün değil, o iş bitti.

— Neden efendim? Yeniden başlayamaz mı?

— Asla, mümkün değil. Beni görmeye bile tahammülü yok Jale'nin.

— Sorun Jale hanım mı?

— Evet o! Ben ayrılmak istemedim. Sadece bir kaçamaktı benimki. Her medeni insanın birkaç kaçamağı vardır.

Hülya anlayamamıştı;

— Ne kaçamağı? Anlayamadım efendim.

— Canım bir kadın arkadaşın evinde yakaladı beni.

Hülya buz gibi olmuştu;

— Her medeni insanda olur dediğiniz kaçamak bu muydu?

— Evet ya. Hepsi bu kadar.

Hülya bu medeniyet tarifinden ürkmüştü. Demek zinanın bir başka tarifi diye düşünüp devam etti;

— Ben Allah için onunla konuşacağım. Siz de inşaallah bir daha fahişelik yapmaz, çocuğunuza da acırsınız.

Adam sinirlenmişti.

— Ne biçim laf bu? Ağzınızdan çıkanı kulağınız duyuyor mu?

— Afedersiniz efendim. Birden sinirlendim de.... Zinayı çok normal kalıplara koymuşsunuz. Aslının ne olduğunu bilmenizi istedim.

Adam Hülya'ya çok sinirlense de, Jale'yle barışmak istiyordu. O yüzden hakaret konusunun üzerinde durmadan asıl konuya geçti.

— Sizi dinlemez, boşuna uğraşmayın.

— Olsun efendim, ben görevimi yaparım.

•••

Hülya kararlıydı. Bu gece konuyu Jale hanıma açacaktı. Saatlerin geçmesini bekliyordu.

Nihayet gelmişti Jale hanım.

Onu oturma odasına çağırıp konuşmaya başladı.

— Jale hanım. Biliyorum, siz çok büyük insanlarsınız. Sizinle hizmetçiniz konuşamaz. Siz, Sakıp Sabancı gibi insanlarla konuşursunuz, onların tavsiyelerine önem verirsiniz. Halbuki asıl çile çekenlerin tavsiyesi çok daha önemlidir.

Jale şaşkın şaşkın Hülya'ya bakıyordu;

— Eee, sen şimdi ne demeye çalışıyorsun, anlamadım. Bana akıl vermeye mi çalışacaksın? Ne yapmak istiyorsun çabuk söyle.

Hülya'nın gözlerine dikmişti gözlerini. Hülya cesaret bulup sordu;

— Sizin eşinizden ayrıldığınızı öğrendim. Bu konuda konuşmak istiyorum, izin verir misiniz?

Jale aşırı derecede tepki göstererek, Hülya'yı azarlıyordu:

— Bak seeen, bak şu terbiyesize. Sen ne cesaretle benim işime karışıyorsun ha? Küstah! Sana bu izni kim verdi?

Hülya'da sert çıkışıyordu;

— İnsanlığın adı ne zamandan beri küstahlık oldu? Kendi onurunuz yüzünden söz ettirmiyorsunuz. Çocuğunuz da sizinle aynı fikirde mi onu sormuyorsunuz bile. Çocuk bu gün babası için ağladı.

— Bundan sana ne?

— Ben insanım.

— Her insanın benim işime burnunu sokmaya hakkı yoktur.

— Tabi, ben hizmetçiyim değil mi? Ama unutmayın ki hayatı sizden daha iyi tanıyorum. Zengin birkadın olsaydım benimle konuşmayı onur konusu yapmazdınız.

Kariyeriniz, her şeyiniz para sizin. Ispatı ortada. Şimdiye kadar hangi fakir aileyi kendinize aile dostu yaptınız?

•••

Jale'nin siniri her geçen saniye daha çok bozuluyordu.

— Sen çok bilmişsin. Bu konuyu kapatalım.

Hülya kendi kendine cesaret vererek atıldı;

— Şeytani gururunuzdan vaz geçmiyorsunuz. Konuşurken medeni davranış dediğiniz şey, kendi başınıza gelince kıyameti koparıyorsunuz. O insanı sevmeseydiniz bukadar kıskanmaz, çocuğunuzu da böylece üzmezdiniz.

— Sen nerden biliyorsun onu kadından kıskandığımı?

— Bekir beyden öğrendim.

Jale hanım şaşkınlık üstüne şaşkınlık yaşıyordu;

— Bekir bey kim?

— Kocanız.

— Benim kocam yok. Bu iş burda kapansın.

Hülya yalvarıyordu;

— Ne olur gurur yapmayın. Zaten o da pişman olmuş. "Şeytana uydum birkere. Ben Jale'yi çok seviyordum" diyor.

Hülya o gece elinden geleni yapmaya karar vermişti. Aklına ne gelmişse anlatıyordu. "Cezaevinde ayrılan eşlerin çocuklarını gördüm," demiyordu. Onun yerine "beş yıl hastahanede yattım. İnsanları çok yakından tanıdım. Anası-babası ayrı büyüyen çocuklardan çok azı mutlu büyümüştür. "siz akıllı kadınsınız" diyerek, Jale'yi iknaya çalışmaya devam ediyordu.

Hülya kararından dönmüyordu. Sonunda bir yolunu bulmuştu. Şirin'i dolduracaktı.

Ertesi gün teyzeden de habersiz Şirin'le konuşuyordu;

— Sen annene ağlayıp "babamı istiyorum" desen, annen babanı getirir.

— Ama ben yayin çok ağladım getiymedi.

Hülya fiskosla konuşuyordu;

— Ama sen çok ağlamamışsındır. Çok ağla. Devamlı ağla. Hiç susma olur mu?

Şirin dudaklarını büzüştürerek, sevimli sevimli konuşuyordu. Ne de olsa çocuktu. Çocuk her yerde çocuk, sosyete de çocuktu. Masum masum sordu;

— O caman babam geliy mi?

— Tabi gelir. Sen ağlamayı unutma olur mu?

— Oluy.

Hülya planını güzel kurmuştu. En kısa zamanda çocuk bunu yapacaktı.

Jale hanım evdeydi. Akşam misafirleri vardı, her şey çok güzel gitmeliydi.

Hülya yapılan masrafları düşündü. Kendi aylığını bir yıl toplasa yine üçe katlıyordu. Hülya şaşkınlık içinde seyrediyordu olanları.

Akşam saati birinci grup gelmişti. Asansörden inerken bile kahkahaları gelmiş, salonda devam ediyordu.

Sofra kurulmuş, kadehler yerleşmişti.

Bütün davetliler gelmişti. Herkes sofrada çeşitli yemeklerden birer lokma yiyor, sonra öteki tabaktan başka bir yiyecek alıyordu.

Konuşmalarına kulak veriyordu Hülya. Konuşulanlar, saç modeli, gece kıyafeti, balolar ve takılırdı. Bir ara Hülya Avşar'dan konu açıldığını farketti. Misafirlerden biri sarhoş sarhoş konuşuyordu;

— Hülya şimdi de yazarlığa başlamış.

Öteki,

— Canım sen aktristsin, herşeye neden burnunu sokuyorsun? Geçen gece kıyafetini gördünüz mü? Resmen demode bir kıyafetti.

Bir başkası farklı konuşuyordu;

— Kadın beceriyor canım. Kıskanmayalım.

Hülya iyice şaşkındı. Bazıları da, arada bir Hülya,'yı süzüyor, ama bir şey söylemiyorlardı.

İyice sarhoş olduktan sonra, hep bir ağızdan şarkı söylemeye başladılar. Kimi Türk sanat müziği, kimi de pop müziği söylüyordu.

Hülya iyice şaşkındı. Bu ortam ona göre değildi. Kahrından ölüyordu ama ne yapacağını bilmez bir haldeydi. İsmet teyze aralarda dolaşıyor, herkesi güldürüyordu.

Hülya iyice dolmuştu. İçeri girip gizlice ağlamayı ihmal etmedi.

Yine de bir yer bulduğu için şükrediyordu.

Bunalımdaydı Hülya. Kararları sıksık değişiyordu. Birden toplum içinde Şirin'in ağlaması duyuldu.

— Ben babamı istiyoyum.

Herkes çocuğa bakıyor, anne şok olmuş kızını iknaya çalışıyordu.

— Kızım sonra, baban sonra gelecek.

— Bana ne! Ben şimdi istiyoyum.

Jale hanımın tavrı iyice sertleşiyordu;

— Kızım babanı şimdi ben nerden bulayım?

Çocuk, çocukluğunun gereğini yaparak.

— Ama bakıçı teyze söyledi. Ben çok aylaysam babamı getiyecekmişin.

Jale bu habere çok fazla sinirlenmiş, hemen Hülya'nın yanına gitmişti;

— Bana bak! Sen benim başıma bela mısın?

Birden bire çarpılmış gibi durmuş bakıyordu Hülya.

— Öyle bönbön bakma. Çocuğumu zehirlemeye utanmıyor musun?

— Ne yaptım Jale hanım?

— Daha ne yapacaksın. Çocuk herşeyi söyledi. Sen çok ileri gidiyorsun. Artık sabrım taşmak üzere. Ne demek "sen ağla baban gelir."

Hülya sert bir dönüşle gözlerini Jale'nin gözlerine dikmişti.

— Ne yapayım? Belki çocukla merhamete gelirsiniz diye düşündüm. Adam sizi çok seviyor. Bu zamanda sadık seven insan az bulunur. Ben çocuğa üzülüyorum. Ne olacak, siz babasızlığı çekmediniz ki bilseniz. Aman bana ne, ne haliniz varsa görün canım. Kendi kendimi bitirecek değilmi ya. Benim kafasızlığım, sanki sizi merhamete getireceğim.

Hülya farkında değildi ama, Jale'yi bu sözler etkiliyordu.

Ertesi gün kahvaltıda teyze, Jale ve Hülya vardı.

Güzel güzel konuşurlarken Hülya ortaya atıldı.

— Başka yerlerde hizmetçiler mutfakta yerlermiş. Siz neden beni yanınıza alıyorsunuz?

Teyze bir taraftan çayını yudumluyor, bir taraftan cevap veriyordu;

— Şimdi kim hizmetçi değil ki? Herkes herkese hizmet ediyor. Şarkıcılar bile modern hizmetçidirler. Gazinoda müşteriye hizmet ederler. Gayeleri insanların isteğini yerine getirmek. Hostesler de hizmetçinin işini yaparlar ama nedense evde çalışan farklı algılanır.

Ben yaşadığım sürece ki, çok yaşıyacağa benziyorum. Kimse hizmetçiye ayrı muamele edemez.

Jale sordu:

— Çok yaşayacağını nerden biliyorsun?

— Baksana dişlerim sapasağlam duruyor.

— Ama saçların döküldü.

İsmet teyze ilginç espirilerine devam ediyordu:

— Hiç bile, onları ben gönderdim. Ne o kafamın üstünde bir sürü saç. Kafam hafifledi şimdi.

Gülüşüyorlardı. Jale sordu;

— Hülya sen nerden duydun?

— Neyi efendim?

— Hizmetçilerin mutfakta yediğini.

— Yanımızdaki villanın hizmetçisiyle konuştuk.

Kaşlarını çatmıştı Jale.

— Ben sana hizmetçilerle konuşmayacaksın demedim mi?

— Dediniz. Dediniz ama benim yapıma, ruhuma uymadı o süzünüz. Benim bir arkadaşa ihtiyacım var. Onunla zaten iki kez görüştük. Çok iyi bir kız. Ama benim gibi çileli.

Teyze alınmıştı.

— Artık ben senin arkadaşın değilim.

— Aaa, aşkolsun teyze. Bu ne biçim laf?

— Kendi ağzınla söyledin? Ben bunca zaman seninle arkadaş olduğumu sanıyordum.

Jale:

— Aman anne! Sen kaç yaşındasın, o kaç yaşında.

— Kızım önemli olan ruhların yaşıdır. Hepimizin ruhu aynı yaşta değil mi? Sen bedene ne bakıyorsun, o kırışır buruşur, ama ruhlar hep aynıdır.

•••

Hülya kendisini kabul ettirmiş, yandaki villanın ev işçisiyle arkadaşlığını sürdürmüştü.

Artık iyice alışmıştı. Ev sahipleri ona iyi bakıyorlardı. Biraz kafa kaldırmıştı ama ona kin gütmemişlerdi.

Böylece onbeş gününü doldurmuştu. Yine bu gece Jale hanımın arkadaşlarından başka grup gelecekti. Evde bütün hazırlıklar tamalanmıştı. Bu defa gelenler üç kişiydi. Hülya uzun kıyafeti ve başındaki örtüsüyle misafirleri karşılamıştı.

Biri sormadan edemedi;

— Demek artık dincilerle çalışıyorsun Jale?

Jale ne diyeceğini şaşırmış, teyze imdada koşmuştu,

— Evet ya. Hep dinsizleri tanıdık, biraz da dincileri-tanıyalım dedik.

Hülya mutfağa gittiğinde teyze devam ediyordu;

— Kızın yanında daha iyi konuşamaz mıydınız?

Sonrada alaylı alaylı devam etti.

— Eğer konuşmayı bilmiyorsanız sizi mazur görmek gerekir.

Jale utanmıştı;

— Anne! Bu ne biçim söz! Lütfen.

— Ne oldu kızım? Beyefendinin anlayacağı dilden konuşuyorum.

— Anne!

— İstersen sor. Bakbakalım anlamış mı, anlamamış mı?

— Anne, beni misafirlerimin yanında utandırıyorsun.

— Aman canım. Ben bunak kadının biriyim. Yaşım kaç, başım kaç, neden utanacaksın? Şimdi ben içeri gidince arkamdan nasıl olsa bunadığımı söyliyeceksin.

Jale konuyu değiştirmek istiyordu.

— Hülya! Buraya gelir misin?

— Hülya çok geçmeden hemen gelmişti.

— Buyurun.

— Hadi gözün aydın. Sana müjde veriyorum. Bekir beyle barışmayı kabul ettim. Bak bu bey Bekir'le ortak arkadaşımızdır. İsmi Somer. Ona gidip haber verecek.

Hülya çok sevinmişti.

— Gerçek mi söylediğiniz? Aman Allah ne kadar sevindim! Nasıl oldu bu iş?

— Senin etkin çok oldu.

Bu arada Somer dikdik Hülya'ya bakıyordu.

— Sizi sanki tanıyor gibiyim

İkinci bey,

— Benim de gözüme hiç yabancı gelmediniz.

İkinci adam birden bire sordu;

— Siz daha önce açık mıydınız?

Hülya korkuyla cevap verdi.

— Evet.

Hülya'nın kalbi çarpıyordu, acaba adam tanıyacak mıydı?

Aynı şahıs yinę sordu;

— Siz gazeteye çıktınız mı?

Hülya'nın heyecanla yüzü kızarmış, birden ter basmıştı.

— Benim gazetede ne işim olabilir ki?

— Haa o zaman benzettim. Bir kız vardı da.

Hülya derin bir nefes almıştı.

Hülya'yı birine benzeten şahıs devam etti.

— Allah Allah. İnsan insana bu kadar benzer mi?

Jale hanım sordu;

— Kime benziyor?

— Bir kadın vardı, kocasını sevgililerine öldürtmüştü. Ben de o zamanlar bir gazetede muhabirlik yapıyor, mahkemesine giriyordum. O kıza çok benzettim.

Teyze masaya vuruyordu;

— Allah korusun. Benim kızım melek gibidir. Öyle taraklarda bezi yok.

Jale:

— Ben öyle canileri evime bile sokmam.

Hülya dünyanın ne kadar küçük olduğunu düşünüyordu. Eski muhabir İstanbul'da bulabula Hülya'yı bulmuştu.

Hülya olaya ilgisiz görünmeyi sürdürüyordu.

Saatler sonra misafirler gitmiş, Hülya bir fırtınanın geçtiğini düşünerek rahat nefes almıştı.

Yatma zamanı geldiğinde Jale sarhoştu;

— Hadi bakalım Hülya. Dediğin oldu. Yakında barışacağım o hırto ile.

Hülya, hırto sözünden alınmıştı. Bu söz sosyetelilerin

doğululara söyledikleri sözdü.

— Hırto ne demek?

Jale cevap vermek yerine suç bastırıyordu.

— Canım sende, ne biçim Türkiyelisin? Daha hırto sözü kimlere denir onu bile bilmiyorsun?

— Bilmiyorum.

— Canım uzatmaya gerek yok. Her sözümü mercekten geçirir gibi inceleme lütfen.

Teyze kızının bu sözden neyi kastettiğini bildiği için cevap verdi;

— Eee, sözlerinin nereye gittiğini bilmeden konuşanın sözleri ister istemez tahlil ediliyor.

Sonra gözlüğünün üstünden bakarak kızına sordu:

— Öyle değli mi canım? İnsan biraz lafının nereye gittiğini bilmeli...

İçi içine sığmıyordu.

Bu sözün altında kalırsa kahrından ölürdü.

Kaşlarını çatarak sordu;

— Şimdi siz, ne düşünerek hırto dediniz? Ben bunu pek anlayamadım.

Jale hanım ilk defa bir hizmetçinin kendisine baş kaldırdığını görüyordu.

Hülya tekrar sordu;

— Hala anlatmadınız?

— Neyi?

– Hırtonun ne olduğunu?

Jale hanım, yine aynı gücüyle suç bastırıyor, aynı şeyleri söylüyordu.

— Amaan, bu kızın her sözümü mercekten geçirmesi iyice canımı sıkıyor.

Teyze yine anlamlı cevap verdi;

— Ne yapsın Hülya? İnsanlar laflarını tahlil etmeden söyleyince Hülya da eksikleri tamamlıyor.

— Zaten sende Hülya'nın avukatı oldun anne.

Hülya çok sinirlenmiş, "bu sözün hesabını sonra sorarım" diye konuyu değiştirmişti.

— Ne zaman barışacaksınız?

— Kendisi ne zaman tekrar yalvarırsa. Gururumu çiğneyip ben ona gidemem. Çünkü suçlu olan o.

Hülya kafasına koymuştu. Yarın Bekir beye telefon açacak, gelişmeleri bildirecekti.

Bulaşıkları makinaya koyduktan sonra abdest alıp odasına çekildi. Tam namaza duracaktı ki, teyze gelmişti.

— Bak Hülya, senin hatırın için bu gece içki içmedim.

Hülya gülerek sordu;

— Peki, Allah'ın hatırı yok mu?

— Aman sende, şöyle kazık sorular sormasan olmaz.

Birden Hülya'nın darılacağını zannetti;

— Bana kırıldın mı kız? Ben seni sevdiğim için böyle konuştum.

— Senin sözlerine darılırmıyım teyze, aşkolsun. Seni o kadar sevdim ki, birgün hayatımı roman yaptırdığım da, seni mutlaka yazdıracağım.

— Yazdır yazdır. Manken gibi kadındı de. Sakın kamburu vardı diye yazdırma ha... Mezarımdan çıkar saçlarından yolarım senin. Sahi kamburum var mı?

Hülya yine gülerek cevap verdi;

— Yok inanki kamburun yok. Yaşını da hiç göstermiyorsun. Keşke bende senin yaşına gelsem de, kambur olsam razıyım.

— Gelirsin, inşaallah gelirsin. Karamsar olma. Neyse ben gideyim de sen namazını kıl. Sen kılarken ben utanıyorum. Benim rahmetli babam çok severdi namaz kılmayı. Ama bize hiç öğretmezdi.

Hülya namazını kıldıktan sonra yorgun argın yatağa attı kendisini.

•••

Bir akşam üstüydü.

Jale hanımın canı sıkkındı ama bunu belirtmek istemiyordu.

Tam bu arada Jale hanım arka odada bulunan Hülyaya seslendi;

— Hülya, zil çalıyor kapıya bak.

Hülya kapıyı açtığında, gözlüklü, elinde hediyeler dolu bir beyle karşılaştı.

— Buyrun.

— Ben Bekir. Siz de Hülya hanım olmalısınız. Merhama.

— Merhaba, buyrun hoşgeldiniz.

Gizlice sordu adam,

— Bana telefon ettiğini Jale bilmiyor değil mi?

— Hayır.

Jale hanım oturma odasından seslendi;

— Hülya kim o?

— Bekir bey.

— !....

— Siz buyrun Bekir bey, kendi evinize hoş geldiniz.

Bekir bey hediyelerini masanın üzerine koyarak koltuğa oturdu.

Şirin duymuştu babasının sesini. Koşarak geldi.

— Babacığım, babacığım. Sen neydesin, ben çeni çok özledim.

Baba kız birbirlerine sarılmışlardı. Doyasıya öpüyorlardı birbirlerini. Jale hanım çok geçmeden gelmişti.

— Hoşgeldiniz Bekir bey. Hayırdır, bir durum mu var?

Bekir bey ayağa kalkmıştı.

— Sizi özledim Jale hanım, ziyaretinize geldim.

— Peki hoşgeldin de...

Hülya'ya döndü Jale hanım. Sonra Bekir beye sordu;

— Size biri sinyal mi verdi?

Bekir bey gülerek:

— Evet, kalbim verdi.

Gülüştüler.

Saatler geçiyor, Bekir beyle Jale birbirlerine beş aylık anılarını anlatıyorlardı.

Saat onda birden bire kapının zili çaldı. Hülya kapıyı

açtığında yüzüne ateş vurmuş gibi hissetti kendini. Karşısında kendisini tanıyan gazeteci duruyordu.

Hemen içeri girmişti bile.

Jale hanım, aile dostları olan eski muhabire sordu.

— Nedir bu halin? Hayırdır bir şey mi oldu?

Hülya'ya bakan adam cevap verdi.

— Bak şu gazeteye. Evinde bir katili barındırıyorsun.

Şaşkındı herkes.

Hep beraber gazeteyi okuyorlardı.

Jale'nin korkudan dudakları uçuklamıştı.

— Nee! Ben yavrumu bir sabıkalının eline mi vermişim? Aman tanrım! Ben ne yaptım?

Hülya şok olmuştu. Ne diyeceğini bilmiyordu. Jale ise kriz geçiriyordu.

— Çabuk, çabuk evimden defol. Al pılını-pırtını topla ve beş dakika içinde burdan gitmiş ol.

Bu duruma en fazla teyze üzülmüştü.

— Hülya! Sahi mi kızım? Sen sabıkalı mısın? Katil miydin?

Hülya gözleri dolu dolu cevap verdi;

— On yıldır, belki onbin defa, "benim suçum yok, ben katil değilim" dedim, kimseler bana inanmadı. Şimdi siz hiç inanmazsınız.

Eski muhabire döndü Hülya.

— Biriniz on yıl önce yaktınız beni, biriniz de kurtaracağınız yerde yine vurmaya devam ediyorsunuz. Rahat edin şimdi, sokakta kaldım.

— Ama ben arkadaşlarıma ihanet edemem. Seni tanımıştım.

— Sizin dürüstlüğünüz bu mudur? Dürüstlük dediğiniz şey bile ihanetin en büyüğü oluyor. Sizi Allah'a havale ediyorum.

Bekir Bey çok üzülmüştü. Kendisini Hülya'ya borçlu hissediyordu.

Jale avaz avaz bağırıyordu;

— Sen hâlâ konuşuyor musun? Defol demedim mi?

Hülya eşyasını hazırlamış, apar-topar gidiyordu. Son kez kapıdan çıkarken teyzeye sarıldı,

— Bana kimse inanmasa da sen inan olur mu? Beni adaletsiz kanunlar yaktı. Ben kimseyi öldürmedim, öldürmem de.

Jale titriyordu.

— Yeter, konuşma, çık.

Teyze:

— Bu saatte nereye gitsin kızcağız?

— Anne! Beni çıldırtma, hemen gidecek bu evden. Benim devletim adaletsiz değildir. Katil olmayanı hapsetmez. Sahtekar, bir de namaz kılıp başını örtüyorsun.

Hülya tam kapıdan çıkarken, Bekir beye baktı.

— Ne garip bir olay değil mi Bekir bey? Siz yuvanızı kurdunuz. Benim yeni kurduğum yuvam dağıldı.

SENİN SUÇUN YOK DÜNYA, İNSANLAR BOZULDU

Hülya Pangaltı'nın kalabalık caddesinde buldu kendisini.

Gençler neşeli neşeli yürüyor, taşıtlar durmadan işliyordu. Hülya'nın gözyaşları damlıyordu, kahkâhası bol caddelere.

Düşünüyordu Hülya, şimdi nereye gitseydi.

Cezaevinden tanıdığı Fikoş'un evine gitmişti. Çok geçmeden, kimseye söylemek istemediği sebeplerle oradan da ayrılmıştı.

Zaten Hülya'nın dengesi iyice bozulmuş ne yaptığını kendisi de bilmiyordu.

Acaba Taştan Asiye'lerden kendisini aramış mıydı? Merak ediyordu ama gidip soramazdı, sormak istemiyordu.

Yine sokakta kalmıştı. Defterini açıp baktı. Cezaevinden arkadaşı olan Songül'ün adresini buldu. Çaresiz ona gidecekti.

Yorgun argın Songül'ün evini buldu.

Songül bir gazinoda konsomatrislik yapıyordu. O Hülya'yı cezaevindeyken bile koruyordu. Ona zararı olmazdı.

Kapıyı Songül açtı.

— Aman Allah'ım Hülya. Seni hangi rüzgar getirdi buraya? Gel, gel otur bakalım. Hoşgeldin.

— Hoşbulduk.

— Cezaevinden ne zaman çıktın?

— Haftalar, aylar oluyor. Keşke cezaevinden çıkmasaydım, diyorum.

Yine gözlerinden yaşlar sözülüyordu Hülya'nın.

— Cezaevinden çıktığım günden beri daha büyük cezaevindeyim ablam. Sen nasılsın?

— Ben de yine aynı işime devam ediyorum.

Pezevenklere para kazandırmakla meşgulüm. Zıkkım içecek adamların zevklerine hizmet etmekle ömür tüketiyorum. Sen ne olmuşsun böyle? Kapandın mı? Buraya gelirken mi böyle kapandın?

— Hayır, cezaevinde kapanmıştım.

— Dur, sana yemek hazırlıyayım.

Sofra hazırlanmış, Hülya yemeğini yemişti. Haram lokma yediği için vicdanında rahatsızlık vardı. Ama yine de kendisini engelleyemiyordu. Çok geçmeden sarhoş bir adam gelmişti. Hülya gizlice sordu;

— Abla bu adam kim?

— Benim pezevenk, paralarımı alır yer. Beni eliyle götürür pavyona, sonra da beni sevdiğini söyler. Ben de aptal aptal ona inanmış rolü yaparım.

Hülya korkmuştu. Acaba kendisine zarar verir miydi? Songül Hülya'nın endişesini anlamış gibi konuştu.

— Korkma, sana bir zararı olmaz. Senin teline dokunsa onu delik deşik ederim.

Adam yatak odasına geçmiş hemen uyumuştu. Hülya Songül'ün dürüst konuşmalarına hayrandı. Ama ona yakıştıramadığı hareketleri de vardı.

— Songül abla! Sen hiç bu yolun insanına benzemiyorsun. Sen bu yollara layık değilsin. Senin için çok üzülüyorum.

— Aman Hülya, zaten benim hayatım kaymış. Sen beni boşver de kendine bak. Ne düşünüyorsun?

— Bilmiyorum abla. Feleğim şaştı. Bir hoş oldum. Deli gibi birşeyim, ne düşüneceğimi bilemiyorum. Ansızın sokakta kaldım.

— Korkma kız. Ben o... yum ama senin kılına zarar gelsin istemem. Kimse sana dokunamaz.

Hülya, Songül'ün bu sözleriyle biraz olsun rahatlıyordu.

Saatler sonra Songül sordu;

— İki-üç aydır nerdeydin? Anlat bakalım.

— Ah ablacağım ah... Hiç sorma, şaşkınlığımdan ne yaptım bilmiyorum. Hizmetçiliğe girdim. Çok geçmeden olanlar oldu.

Olayı olduğu gibi anlatmıştı.

— Hay Allah. Koca İstanbul'da gelegele sana mı gelir bu vurgunlar. Sonra ne yaptın?

— Sonra Fikoşa, sonra da beni oğluna nışanlayan çok

iyi bir hanım vardı ya, hani Çingene'ydi.

— Hatırladım kaptici miydi neydi?

— Öyle sayılır. İnsan olarak bana çok iyiliği var. Sokakta kalma korkusuyla onlara gittim. Sonra onlardan da kaçtım. Rüya gibi, bir şaşkınlık yaşadım. Bu arada namaz-mamaz kalmadı. O kadar dikkatliydim namazıma, nasıl oldu bilmiyorum, o duygum kayboldu. Cezaevinde tanıdığım bi ablam vardı. "İman eskiyince önce namaz gider" demişti. İçine düştüğüm durum beni öyle hale getirdi ki, bu hale geleceğime ölsem inanmazdım.

— Boşver canım. Sıkma canını. Kalbin temiz olsun.

Hülya yinede tedirgindi ama ister istemez bu evde yatacaktı. Kalkıp yatak odasına gitmiş, tedirgin olduğu halde uykuya dalmıştı.

Ertesi gün sabah ezanı okunuyor, Hülya namaza kalkmıyordu. Ama içi içine sığmıyordu. Ruhu yanıyordu. Yine de namaza kalkmıyordu.

Kendisini tanıyamıyor, kendi kendine Taştan'ın annesine sesleniyordu;

— Rahat et teyze hanım. Beni oğluna alsaydın ben şimdi buralarda sürünmezdim. Gücümü, maneviyatımı yıpratmazdım.

Maneviyatsızlığını düşünürken tekrar uyumuştu. Uyandığında Songül ortalıkta yoktu. Henüz uyanmamıştı. Saatlerce bekledi. Öğleden sonra kalkmıştı Songül. Sonra Hülya'nın yanına gitmişti.

— Günaydın Hülya. Ne zaman kalktın?

— Beş saat oluyor.

— Ayy, neden beni bekliyorsun? Sen bana bakma. Ben sabaha karşı eve geliyorum, sen gir mutfağa çayını hazırla, kahvaltını yap.

Yemek yendikten sonra tekrar sohbete dalmışlardı. Songül Hülya'ya akıl veriyordu.

— Bak Hülya, çok dikkat et. Kötü yola düşenlerin ezelden kötü olduklarını sanmayasın. Her düşenin bir evvelki durumu namusludur. Kimse anasından namussuz doğmaz.

Bak canım. Senin yemeğine birşeyler koyarlar. Uykunda satarlar seni de haberin olmaz.

Hülya'nın tüyleri diken diken olmuştu.

— Aman Allah!... Düşmanımın başına gelmesin. Çok acı bir şey. Buna dayanamam, ailem hepten ölür.

Songül elini sallayarak cevap verdi;

— Boşversene sen. Kötü yola düşmeye gör Hülya. Bak benim iki abim var. Çınar gibi gençler, annem-babam, hiç birisi hangi yolda olduğumu hâlâ bilmezler. Hep Allah'a yalvarıyorum. Beni abilerime yakalatmasın diye, korkuyorum ama yine de bildiğimi okuyorum. Başa gelmeye görsün Hülya, şeytan bir çare bulduruyor.

— Aman abla! Bunları konuşmaya bile tahammülüm yok.

— Neden?

— Dayanamıyorum bilmem.

— Alışmaya gör, alışırsan dayanırsın.

— Allah göstermesin...

— Zaten Allah değil, kullar böyle şeyleri gösterir.

Ama sen korkma arkanda ben varım.

Hülya düşünüyordu.

Neden buraya gelmişti? Kendisini koruyamayan, pavyona düşen Songül, Hülyayı nasıl koruyacaktı? Hata mı yapmıştı? Ama hayır, Songül'e güveniyordu. Bir taraftan da çok şaşırıyordu. Nasıl ailesi duymadığı halde yıllardır bu işi yürütüyordu. Aman Allah, insan ne korkunçtu.

Hülya Songül'ün evinin işini yapıyor, bakkal türü işleri de Hülya hallediyordu.

Songül kendisini mahallede, hastahanede gece çalışan hemşire diye tanıtmıştı. Ama Hülya'yı komşulardan saklamamıştı.

Hülya bazen sıkılınca, Songül evde yokken komşulara gidiyordu.

Yine birgün komşuda otururken evin erkeği pijamalarıyla içeri girmiş, Hülya'ya iltifat gösterisinde bulunuyordu.

Sonrada aynadan ona bakıyor, bıyıklarını düzeltiyordu.

Hülya pijamayla kadın misafirin yanına gelen bu adamdan rahatsız olmuştu. Çok geçmeden.

— Ben gideyim evde çok işim var, dedi.

Daha sonra komşu kadın Hülya'ya gelerek, biraz tedirgin, biraz sinirli, zoraki gülümseyerek konuştu.

— Bak Hülya! Sana dostça söylemek istiyorum. Sen bir dul kadınsın. Öyle evli erkeklerle cilveli konuşamazsın.

Hülya'nın sanki kanı donmuştu;

— Ne! Ben mi cilveli konuşuyorum?

— Tabii. Sen farkında değilsin belki. Dulsun ya. Benim adam gibi namussuzlar, bütün dulların kendilerine kur yaptıklarını sanırlar. Sen evimizden çıkar çıkmaz arkandan neler söyledi bilsen.

— Nasıl olur, benimle "bacım" diye konuşuyordu.

— Sen o namussuzun öyle konuştuğuna bakma, "ne de olsa dul kadın" diyor. "Erkeğe ihtiyacı olduğu için benimle çok kibar konuşuyor," diyor.

Hülya hayretler içinde söylendi;

— Vay kahpenin dölü vay. Şuna gidip dul kadın neymiş göstereyim.

— Sen delirdin mi kız? Benim yuvamı mı yıkacaksın? Adam beni keser be keser!

Hülya sinirinden evin içinde dolaşıyor, ağzından çıkanı kulağı duymuyordu;

— Şerefsiz, namussuz adam. Ben onunla gülerek iyi niyetimle konuştum diye hemen kötü mü oluyorum? Allah'ım şöyle alçaklar yaşamasa ne olur?

— Canım hep erkeklerin suçu yok ki. Sen bir dul kadınsın, dikkatli olacaksın. Annem derdi ki, "Erkeklerin öyle namussuzları vardır ki, her dul kadının kendisinde gözü olduğunu sanırlar."

Hülya nefret dolu gözlerle kadına bakıyordu;

— Demek sen öyle bir adamın karısı oluyor ve bu karılığa devam ediyorsun öyle mi?

— Ne yaparsın ekmek parası. Para deyip geçme, nice canlar nice namuslar para için satılıyor.

— Tamam tamam, bir daha size gelmem, mesele biter.

Hülya'nın şaşkınlığı gün geçtikçe artıyordu.

— Olmaz, bu kadar insanlık dışı insanlık olmaz. Bu nasıl iş böyle? Kimseye güven kalmamış.

Kadın gitmiş, Hülya'yı ateş içine itmişti. Adam karısını döver diye birşeylerde söyleyip deşarj olamamıştı.

Saatlerce pencerenin önünde oturup, ağlayarak dışarıyı seyrediyordu. Ne yapsa hırsı geçmiyordu. Akşam da yemek yapacaktı. İster istemez bakkala gitti.

Bakkalda aynı adamla karşılaşmıştı. Adam namuslu erkekler gibi konuşuyordu;

— Nasılsın bacım, iyi misin?

Hülya'nın birden bire kan beynine çıkmıştı. Adamın yüzüne tükürmek istiyordu. Ama karısının kendisine söylediğini bildirmemeliydi. İğrenerek cevap verdi;

— İyiyim ağabey. İnsanın etrafında sizin gibi namuslu, şerefli ağabeyler varken, insan kötü olur mu?

Bakkalın girişinde konuşuyorlardı. Adam bu cevaba çok bozulmuş olmasına rağmen, hissettirmemeye çalışarak tenbih etti.

— Sakın ha bacı. Bir ihtiyacın olunca hemen bize haber ver. Biz sana insanlık görevimizi yapmıyacağız da, kime yapacağız?

Sırıtarak devam etti.

— Öyle değil mi?

Hülya nefret dolu olmasına rağmen cevap verdi.

— Tabii ki öyle olması gerekir!

Adam gittikten sonra Hülya bakkala girmiş, raflara bakınıyordu. İnsanların çirkin yüzlerini gördükçe hepten bunalımı artıyor, sevdiği birinden duyduğu sözü hatırlıyordu. "Dünya değil bozulan, rejimler. İnsanlığı perişan ettiler." demişti.

Bakkalın sesiyle irkildi;

— Hülya hanım! Bakıyorum size yardımcı olmak isteyenler artıyor. Ee dul kadınsın ne de olsa. Songül gibi bir kadının yanında kalınca da işler değişiyor.

— Anlamadım, nasıl yani?

— Canım biliyoruz onu. Herkesin arkadaşı kendisi gibi olur. Songül'le aynı zihniyette olmasaydın onun yanında ne işin vardı?

— Ne varmış Songül'de? O'nun nasıl bir insan olduğunu siz bilmezsiniz.

Adam alaylı alaylı konuşmasına devam ediyordu.

— Bilmez miyiz hiç? O çok namuslu bir kadındır.

Adam sinirlenmişti;

— Bırakalım bu numaraları. Benim anlamadığım şey sen neden örtüyü alet ediyorsun? Sana namuslu densin istiyorsun değil mi?

Hülya hızla başını çevirdi.

— Ben zaten namusluyum.

— Evet, onun için her gece o eve girip çıkan belli değil. Onca erkeğin, ne olduğu bilinmeyen hayat kadınlarının girip çıktığı evde nasıl namuslu kalınır?

— Ben namusluyum diyorum, kimse kimseyi zorla namusundan ayıramaz.

— Sen öyle zannet. Önce fahişelik yapanla arkadaş olursun. Sonra erkeğin uçkurundan gelen parayla karnını doyurursun. Sonra bunlar çok iyi insanmış, ne yapsınlar, kaderleri böyleymiş dersin. Bir yudum rakı, sonra iki derken, bir gece gider onunla çalışırsın. Ve derken iş bitmiş. Sen de o yolun yolcusu olmuş olursun da ruhun duymaz.

Hülya çılgına dönmüştü ama şok hali yaşadığı için zoraki konuşuyordu.

— Ağzınızdan çıkanı kulağınız duysun lütfen. Beni böyle rencide etmeyin. Ben mecbur kaldığım için Songül ablaya geldim. Beni kimseler kabul etmedi. Ben ağzıma bir yudum dahi içki almam. Allah göstermesin.

Hülya bakkalın konuşmasından çok etkilenmişti. Doğru, kendisi zina parası yiyordu. Bu da uçkur parası, demekti.

Hemen karar verdi, kendisine bir iş arayacaktı. Zaman kaybetmeden gazete alıp iş aramaya başlamıştı. İlgisini çeken işleri işaretliyordu.

Kapı kapı iş aramış, kimi dul olduğun için, kimi de "sabıkalı olduğun için seni işe almam" demişti.

Bir gün yine gazetede iş ilanlarını okuyordu;

— Tezgahtar arayanlar Beyoğlu, dadı arayan Kadıköy, yine tezgahtar Cağaloğlu, evde çalıştırmk üzere....

Kendisine en yakın yer olan Beyoğlu'na gitmiş, mağaza sahibiyle konuşuyordu;

— Benim ihtiyacım var inanın.

— Doğru da bu başörtüsüyle olmaz. Ama depoda da bana eleman lazım. Orada çalışırsan seni işe alırım.

Hülya'nın gözleri dolmuştu.

— Ben her işe razıyım. Ama merak ettim. Bu ülke müslüman ülke değil mi? Neden başörtülü kabul etmiyorsunuz?

Mağaza sahibi kekeliyerek cevap verdi;

— Şey... Bilmem. Başörtülü bir hanım çağdaş mağazanın görünüşünü bozar. Adet olmuş, bakın her yerde tezgahtarın başı açıktır. Tamam, örtünüze saygım var. Ama ben de önce çıkarımı düşünmek zorundayım.

Hülya'nın fazla konuşacak hali yoktu. İster istemez.

— Peki, o halde kaydınızı alayım. Depoda çalışacaksınız. Evet adınız, soyadınız? dedi.

— Nufus kağıdımda Gülsen Tekel yazar. Sonra ben kendi adımı Hülya yaptım.

— Evli, bekar?

Hülya artık hiç birşey saklamıyacaktı.

— Dulum.

Adam başını kaşımaya başlamıştı;

— Hıı. Dul musun? Ben dul kadın almamaya kararlıydım ama neyse. Hadi sen depoda olacağın için seni alalım.

Hülya sıkılarak devam etti.

— Bir şey daha var. Ben bir iftira sonucu onyıl hapis yattım.

Adamın ağzı açıkkalmıştı;

— Nee! On yıl mı? İftira mı? Bizim adaletimiz böyle adaletsizlik yapmaz. Suçu olmayanı on yıl yatırmaz. Ne yani, şimdi sen sabıkalısın öyle mi, seni çalıştırmamı benden nasıl istersin? Defol. Bir de başörtüyü kullanıyorsun rezil.. Hemen çık bakayım burdan.

— Ne olur yapmayın. Çok kötü durumdayım. Elimden tutmazsanız uçuruma gidiyorum.

— Sen zaten uçuruma gitmişsin kızım. Bir de duygu sömürüsü yapma. Hadi hadi. Benim sabıkalılarla işim yok.

Hülya gözyaşlarıyla bu defa Beyoğlu caddesindeydi. Kime gitseydi, kim anlardı onun halinden? Devlete gitmeyi düşündü ama devleti nerde bulacağını bilmiyordu. Devlet Türkiye'nin neresindeydi? Şaşkın şaşkın Cağaloğlu'ndaki yere gitmeyi düşündü. İki saat sonra ordaydı. Yine durumunu anlatmıştı.

İş veren adam Hülya'yı dinledikten sonra;

— Ne! Sabıkalı mısın. O halde ben sana iş veremem... Güle güle.

•••

Kadıköydeki yerdeydi;

— Kusura bakmayın, ben sabıkalı kadın çalıştıramam.

•••

Bu defa Taksim'deki temizlik işçisi arayan hanımdaydı. Olup biteni anlatmıştı.

— Asla, ölsem bile sabıkalıya güvenemem. Kusura bakmayın.

•••

Ertesi gün daha başka bir yer, çağdaş yobazlardan birinin evindeydi.

Bu defa ideolojik yobazla karşılaşmıştı Hülya. Kadın bağıra bağıra konuşuyordu;

— Utanmadan birde dini alet ediyor, din kisvesi altına giriyorsun. Hemen evimden çık.

— Yapmayın ne olur! Uçurumun eşiğindeyim. Aklım başımda değil. Bana yardım edin. Sizde kadınsınız. Bu gün kadın olmak vebalı olmaktan daha zor biliyorsunuz.

— Ben cami kapısı değilim kızım, cami kapısına git. Örtünür örtünür, duygu sömürüsü yaparsanız, sizi iyi tanırım.

Hülya dona kalmıştı, artık konuşmaya hali yoktu. Zoraki konuştu;

— Ben kimseyi sömürmüyorum. Artık hakaret etmeyin. Biraz dönün de tanıyamadığınız yüzünüze bakın.

Yerinden kalkarak kapıya doğru gitti. Ev sahibi kadın da, belki birşey çalar diye onu kapının önüne kadar uğurluyordu.

Hülya ayakkabılarını giyerken acı konuştu.

— Sizde vicdan kalmamıştı ki sömüreyim. Ne oldum demeyin, bu düzen insana öyle bir vurur ki, neye uğradığınızı şaşırırsınız. Ben sizi düzene değil, Allah'a havale ediyorum.

Başı önünde yoluna devam etti Hülya. İnsanı bozulmuş dünyada aklının nasıl hâlâ tam olarak gitmediğine şaşıyordu.

Yine Songül'ün evine gelmişti.

Duydukları aklından çıkmıyordu. Birden şeytan aklına bir şeyler sokmuştu.

— Acaba başımı açsam mı?

Sonra böyle düşündüğü için ürperdi!

— Aman Allah korsun. Ben ne saçmalıyorum.

Aslında Hülya'nın bedbahtlığı, İslâm'ı hiç bir söz duymaması, devamlı başörtüsünden dolayı hakaret görmesi değil, Hülya'nın iradesini kalacak yeri olmaması ve bunalımı zayıflatıyordu. İç savaş başlamıştı Hülya'da.

İşlerini bitirdikten sonra oturup babasına mektup yazmaya başladı. Belki babası ona "gel yavrum" der, o da gidip köyde kalırdı. Ah zalim insanlar, babasını etkilemeseydi ne olurdu.

Oturup mektubu yazmaya başladı;

Sevgili biricik babacığım.

Merhaba. Nasılsın canım babam, iyi misin? Annem nasıl iyiler mi? Allah size uzun ömür versin babacığım, versin de, sizi doyasıya göreyim. Seni doya doya öpeyim babacığım.

Sen de belki beni merak edersin. Ne kadar merak etmem desen de, inanmam babacığım, asla inanmam. Biliyor ve inanıyorum ki, ciğerlerinde benim için yanan bir ateş var.

Hıçkırıklarını tutamıyordu;

"Canım babacığım, dünyaya geleli hiç gülmedim. Yer yüzünde bütün umudumu kaybettim, birtek size dönme olan umudumu kaybetmedim. Zaten bu umudumda kaybolursa ben ölürüm babacığım. Ne olur baba, bana "gel"

de geleyim.

Buralar beni uçuruma itiyor babacığım. Ne yaptığımı bilmez durumdayım. Nereye gitsem bana sabıkalı ve dul diye iş vermiyorlar. Ben nereye gideyim canım babam? Benim senden başka kimim kaldı? Ne olur babacığım, beni cevapsız koyma. Üzerimdeki abeyem bile emanet alınmıştı, bana yeni alınanca götürüp sahibine verecektim. Değil abeye almak, bir bardak su alacak param yok.

Çaresizim babacığım, çok çaresiz. Ne olur beni canavarların içinde bırakma canım babam. Senin kölen olurum, sana hizmet ederim. Hiç olmaz emin ellerde olur, sizin kokunuzu duyarım.

Ah bir bilsen babacığım, bir bilsen seni nasıl özledim. Gözümde tütüyorsun. Ah canım babacığım bir de ellerin ağzına bakıp bana rest çekmesen ne olurdu. Çektiklerimi bilsen belki yapmazdın. Canım babam, ne olur beni kurtar. Kimsenin sözüne bakma. Beni uçurumdan kurtar. Dayanamıyorum babacığım, dayanamıyorum. Bana yirmi gün içinde mutlaka mektup yaz."

Hülya uzun uzun tekrarlardan oluşan yazdığı satırlara selamları ilave edip mektubu zarfa koydu.

Bütün babalara ibretti Hülya'nın durumu. Ama babalara nasıl duyuracaktı bu hâli! Elinde imkanı olsa, babalara "kızınız kötü yola bile düşse, pişmansa ona fırsat verin" diyecekti. Sokaklara düşenlerin çoğu affedici olmayan aileler yüzünden artıyor diyecekti.

Mektubu postaya verdikten sonra, babasının cezaevine gelen son mektubunu hatırlamıştı. Ama olsun, dedi.

Babam değil mi, o zaman rest çekse de belki şimdi kabul eder.

Birden bire aklına geldi.

Neden ben gitmedim de mektup gönderdim?

Hemen kararını vermişti. Mektubundan önce kendisi gidecekti.

Akşam olunca Songül'e açtı konuyu. Ertesi gün Songül'den aldığı yol parası ile köyüne gitmek üzere evden çıktı.

Topkapıya geldiğinde Dadaşlar Turizmine giderek Kelkit'e otobüs olup olmadığını sordu, iki saat sonra olduğunu söylediler.

Hülya iki saat gezindi durdu Topkapı'da.

Artık otobüsteydi. Kalbi çarpıyordu Hülya'nın. Otobüste bir hanımın yanına oturtmuşlardı. Hayalleri, rüyaları, umutları, Gümüşhane'ye bağlı Övünce köyündeydi.

Babası onu sevgiyle bağrına basarsa artık İstanbul'a dönmiyecekti. Ne olursa olsun, evlat baba evinde huzurlu olur, ne kadar kötü olursa olsun baba evi, diye düşünürken birden aklına geldi; hayatının çocukluk dönemine ait unutulmadık üzüntüsünü de, dokuz-on yaşlarındayken yaşamıştı. O zaman da kendisi suçlanmış gösterilmiş, asıl suçlular elini kolunu sallaya sallaya gezmişti.

Alev sarmış ruhuyla Allah'a yalvarıyordu, "Ya Rabbi, kimse bilmiyorsa da gerçeği sen biliyorsun! Kim neyi hakediyorsa onlara göster Allah'ım. Benim yıllar yılı döktüğüm gözyaşların hesabını sor Allah'ım."

Hülya kendi kendisine sık sık aynı şeyleri söylüyor, kendisine bile söylemekten çekindiği olayların kimseler tarafından bilinmesini istemiyordu.

•••

Çocukluk hatıraları geldi gözünün önüne. Ne güzel günlerdi o günler. Bütün güzellikleri çocukluğu bitmeden bitivermişti ama yine de unutamadığı hatıraları vardı.

Arkadaşlarını hiç unutmamıştı. Amcasının kızı Ayşe'yi, halasının kızı Şemazer'i, komşu kızları Şerefnur'u. Ama onlara kırgındı. Neden basının yalanlarına onlarda aldanıp, arkadaşlarına bir mektup yazmamışlardı? Saatlerce yol aldıktan sonra köylerine yaklaşmıştı.

Bindiği araba ablasının kaynı Muzaffer Keleş'e aitti. Adam onu tanımamış, sonra tanıdığında çok candan davranmıştı. Bu ilgi cesaret vermişti Hülya'ya. Demek onu kahpe bilmeyenlerde vardı. Halbuki daha önce köylünün kendisini nasıl tanıdığını sormuştu da, aldığı cevap onu çok üzmüştü. Köylünün bazısı onun masum olduğuna inanıyor, bazısı da "kötü yola düşmeseydi gazeteler onun hakkında kötü yazar mıydı?" diyorlardı.

Bunları düşünürken, tarlalarının olduğu dört yola gelmişti. Dağlarını taşlarını özlediği köyüne giriyordu.

Karları erimemiş dağlarına baktı. İçinden dağlara "merhaba dağlar, beni tanıdınız mı?" diyordu. Sanki onu en candan karşılayan dağlar olmuştu.

Karla kaplanmış güzel dağlarım.
Tanıdınız mı ben geldim.
Yıllar var ki hasretimden ağlarım
Huzurunuza pek bitkin geldim.

Ey gözümün nuru dağlarım

Size yazdım gamlı şiirlerimi

Bensiz ürün vermez derdim, benim bağlarım

Yoksa sildiniz mi ayak izlerimi.

(E.Ş.)

Dört yol Hülya'yı çok etkilemişti. Neleri değişmişti köyünün. Ona huzur veren ağaçların bir kısmı yoktu. Havası suyu bile değişik gelmişti ona.

İşte köyüne girmişti.

Bütün bedeni titriyordu. Babasını ve annesini birazdan görecekti. Sarılacaktı babasına ve annesine. Hasret giderecekti.

Evlerinin biraz ötesindeydi. Ayakları zor gidiyordu. Dünya mı tersine dönmüştü, yoksa Hülya'mı ters dönmüştü? Nasıl bir duyguydu bu?.. Kendisini anlayamıyordu. Adım adım yürüyor, bir taraftan geçmişini düşünüyordu. Şurası Ayşe'yle oynadığımız yer, şurası düştüğüm yer... Yollarının çamurunu bile özlemiş, çamura bile hasret kalmıştı. Gözleri birşey mi görmüyordu, görecek bir şey mi kalmamıştı? Şaşkındı Hülya... Şaşkınlık bile belki Hülya'ya şaşırıp kalmıştı.

Evlerinin önüne geldiklerinde babası yaşındaki bir adamla karşılaştı. Adam ona bakıyor, birşey söylemeden duruyordu.

Sanki birşey söylemek istiyordu da, söyleyemiyordu. Hülya anlamıştı, bu amca tanıdık biriydi ama kimdi? Acaba ne demek istiyordu?

Adam birden bire sordu;

— Sen kimlerdensin?

— Hasan Hüseyin Tekel'in kızıyım?

— Hangisi, cezaevindeki mi?

— Evet amca.

Adam gözleri dolu dolu Hülya'ya sarılmıştı.

— Oğuul oğul sen misin?

Hülya neye uğradığını şaşırmıştı.

— Amca sen kimsin?

— Ben Zühtü emmin, beni tanımadın mı?

— Ah benim amcam. Ben kendimi bile tanıyamıyorum. Beni affet amca.

— Gel, gel benim çilekeş yavrum. Seni babana ben götüreyim.

Hülya'nın dizlerinin bağı çözülmüştü.

Evlerinin önüne geldiklerinde Zühtü amcası babasına sesleniyordu. Babası dama çıkmış birşeyler yapıyordu.

— Hüseyin, Hüseyin, bak sana kimi getirdim.

Hülya babasına bakıyor, gözleri yaşlı izliyor, bayılmamak için kendisini zor tutuyordu.

Babasıyla uzaktan uzağa göz göze gelmişlerdi. Babası da bir müddet baktıktan sonra sağ ayağını merdivene koymuş, öylece kalakalmıştı.

Bir müddet baba-kız birbirlerine bakıp öylece durdular.

Merdivenleri inmeye başlayan Hüseyin amca, kızının merdivenin dibine geldiğini göremiyordu. En sonunda birbirlerine sarıldılar. Baba-kız ağlayarak bir müddet birbirine sarılı kaldılar. Annesinin elinde süpürge vardı, öylece kızına bakıyor, hiç bir tepki göstermiyordu. Babasının ikazıyla anne kızına sarılmış, bir damla bile gözyaşı dökmemişti.

Hülya annesinin durumuna çok üzülmüş, annesini ruhsuzlukla suçlamıştı.

Hülya, yıllar sonra öğrenecekti ki, bazı insanlar çok sevinince daha çok donuklaşırlar, bir damla gözyaşı dökemezlerdi.

Hülya, rüya alemindeki bir insan gözüyle bakıyordu kendisine

•••

Yıllar sonra ilk defa kahvaltı sohbetine ana-babasıyla beraber oturmuştu.

Babasına döndü;

— Bu kahvaltıyı ömrüm boyunca unutmayacağım babacığım.

Babasının gözlerinden yaşlar akarak cevap verdi.

— Bende oğul, benim de unutamıyacağım bir kahvaltı bu.

Hülya babasıyla başbaşa kalınca sormayı ihmal etmedi.

— Babacığım. Kadir abim benim için "o kahpeyi bizim kütüğümüzden sil" demiş doğru mu?

— Takma kafana oğul. Herkes ne ekerse onu biçer.

— Sen de, "Ben evladımı silemem. İsteyen gitsin, kendisini kütüğümden sildirsin demişsin," doğru mu?

— Bana bunları sorma oğul. Herkesi Allah biliyor. Seninle uğraşan olursa Allah onu da görür.

Hülya çok üzgün ve hırslı olarak devam etti.

— Baba! Bana kızma ama abimin kanı benim kanımla aynı değil gibi geliyor bana. Yoksa beni bir yerden evlatlık mı aldın?

— O nasıl söz oğul? Sen de, onlar da benim yavrularımsınız.

Hülya içini kemiren bir soruyu fırsat ele geçmişken sormak istiyordu.

Sofra yerdeydi ama Hülya kalkıp sofrayı toplamak istemiyordu. Babasıyla ilk defa beraber oturuyordu. Sofra dağınık kalsa ne olurdu?

Hülya hüzünlü sesiyle sordu;

— Baba! Neden beni terkettin sen? Gazetelere neden inandın?

Gözü yaşlı baba cevap verdi:

— Bilmiyorum oğul, bilmiyorum. Aldandım, gazetelerin yalan yazdığını bilmiyordum oğul, bilmiyordum. Etrafımdaki insanlar seni terketmemi telkin etti. Ama senin derdinden zayıfladım, çöktüm oğul. Sen cezaevinde çektin, ben dışarda çektim. Herkes bana boynuzlu diye bakıyordu. Bana bir Allah'ın kulu, "kıza iftiradır, yavrunu yakma" demedi. Yıllar yılı alnımda leke var diye gezdim.

Hülya itiraz etti.

— Baba! Başıma kötü bir olay gelmiş olsaydı, –Allah korusun ama– gerçekten sana leke sürseydim beni daha çok batağa mı itmen gerekiyordu? Bu yanlış değil mi baba? Nice babalar, kızlarını bir hatasından dolayı affetmemişler de, onları daha çok karanlığa itmişler.

Hülya oturduğu yerden kalkarak farklı tavır takındı;

— Yanlış baba, bu tavır yanlış. Millet şöyle diyecek, millet böyle diyecek diye, düzenin kollarına atılmaz gençlik. Ana-babalar evlatlarını bu kadar kolay reddetmemeli. Kaldı ki ben masumdum.

Hülya ağlayarak devam etti;

— Ben o kadar masumdum o kadar masumdum ki, o temiz halimi düşündükçe ağlıyorum. Çektiğim işkenceyi birbilsen babacığım, bir şeyden haberim olmadığı halde imzaladığım kağıdı bir okusan, şaşardın babam, şaşardın.

Hülya birden bire hata yaptığını anlayıp tekrar babasına sarılarak ağlamasını sürdürdü;

— Canım babam, sana kırılamıyorum, biliyorum ki seni aldattılar... Ama seni aldatanları Allah'a havale ettim baba. Onlar benim hakkımı bağıra bağıra ödemeden ölemiyecekler. Hâlâ daha benden helallik istemediler. Bu dünya bitmez sanıyorlar ama onlar ölüm döşeğine gelecekler.

— Ağlama kızım, beni de ağlatma. Yıllardır gizli gizli ağladığım bana yeter.

— Haklısın, afedersin babacağım. İçim içime sığmadığı için. Aslında ben biraz dışarı çıkayım babacığım şöyle bir hava alayım.

— Yavrum, burasının her yeri hava. Dışarda ne yapacaksın, dışarsı soğuk oğul soğuk, donarsın.

— Olsun baba, ben çıkıp şöyle bir dolaşayım.

Anlayışlıydı bu baba. Gözlerinden sakallarına dökülen gözyaşlarını silerek konuştu.

— Anladım kızım anladım. Sen o zehiri tüttürmek için dışarı çıkıyorsun. Ben çıkayım sen sigaranı iç ama onu bırakmaya çalış olur mu yavrum.

•••

Hülya annesiyle babasının ağzına bakıyordu; "Kızım burda kal" desinler istiyordu ama onlar bunu söylemiyorlardı. Akşam olmuş hâlâ kendisini ziyarete gelen yoktu.

Oturup şiir yazdı defterine. Bunu daha önce bir şarkıdan mı ezberlemişti, yoksa ruhunun şarkısı mıydı? İçinden gelen mısralar, durmak bilmiyordu.

Herkes yatmış, Hülya kalemi defteriyle başbaşa kalmıştı.

"Dört yol dedikleri hudut kapısı
Köyümün değişmiş bütün yazısı
Böylemiydi babamın alın yazısı?
Saçları değişmiş başı değişmiş.

Köyüm dedim geldim onu görmeye
Dağına taşına elim sürmeye
Niyetim de yoktu geri dönmeye
Sohbeti değişmiş, dili değişmiş.

Her şey verem olmuş gamlı dünyada
Lezzet gitmiş sevgi kalmamış burda
Hüzün dalgalanmış durmuş havada
Dağları değişmiş taşı değişmiş." (H.T.)

Kara geceler Hülya'nın peşini bırakmıyordu. Hülya kimlere rastlasa yüzünü çeviriyorlardı. Bunalımdan çıkamıyordu. Tahliye olmuştu ama yine mahkemesi olduğu için İstanbul'a dönmek zorundaydı. Annesinin veya babasının "tekrar gel kızım" demesini bekliyordu.

Akşam olmuş, annesiyle de konuştuktan sonra yatmış, kederli de olsa derin bir uykuya dalmıştı.

Geceyarısı uyandığında, annesinin gelip üstünü örttüğünü görünce gözyaşlarını tutamadı. Yorganını başına çekip ağlayarak kendi kendine konuştu.

— Ah canım anacığım, demek beni seviyordun ha? O halde neden bana serinsin annem? Neden sevgini bana belirtmiyorsun?

"Ana gibi yar olmaz" demişler. Demek doğruydu anam.

Hülya annesinin örttüğü yorganı hiç unutmayacaktı.

•••

Hasret dolu günler bitmiş, Hülya iyice bunalmıştı. İnsanların Hülya'yı gördüğünde kıyı-bucak kaçmasına dayanamamış, geçirdiği deprosyonla kendisini İstanbul'a atmıştı.

•••

İnsanlar gülmedi benim yüzüme
Yine sana döndüm İstanbul
Kimse bakmadı benim özüme
Şaşırdım kaldım İstanbul.

Köylüm de yüzüme bakmadı benim
Soğuk geldi bana o güzel evim
Dayanmadı bunlara yüreğim
Kendimi sana attım İstanbul. (E.Ş.)

•••

Hülya tekrar Songül'ün evine dönmüş daha sonra yaşlı bir kadının evinde hizmetçilik işi bulmuştu.

Herşeye yeniden başlayacaktı.

Yaşlı kadının yanında çalışırken dul olmanın bedelini ödüyordu. Sabıkalı olduğunu saklamıştı ama dul olduğunu saklayamıyordu.

Yaşlı kadın her dakika Hülya'yı kontrol ederek, Hülya'yı bezdiriyordu. Birgün yaşlı kadın çıkıştı Hülya'ya:

— Bana bak Hülya, sen neden pencereden bakıyorsun?

— Neden bakmayayım teyze?

— Sen dul bir kadınsın, komşudaki erkekler yanlış anlar.

— Ama teyze, pencereden bakmanın neresi yanlış anlaşılır?

— Sen sus bakayım, öyle konuşma karşımda. Sana para veriyorum, benim dediğim gibi yaşamak zorundasın.

Yaşlı kadın durmuyordu,

— Aslında ben dul kadın almakla hata ettim. Ama ne yapayım, kocalı kadınlar gelemezler ki.

Hülya çok fazla kırılıyordu;

— Teyze, senin vereceğin aylığa ihtiyacım var diye

bana böyle konuşman doğru değil.

Yaşlı kadın bu itiraza çok sinirlenmişti.

— Ben ne söylersem itiraz ediyorsun, böyle yürümez bu iş.

Hülya şaşkın şaşkın sordu;

— Bu söz ne anlama geliyor teyze?

— Seni işten çıkarıyorum, sen dikkafalılık yapıyorsun.

— Ama teyze, kendimi ve namusumu savunuyorum.

Yaşlı kadın durmadan konuşuyordu;

— Dul kadına kendi eteği bile düşmandır... Adımını sağlam atacaksın.

— Ben sağlam olmayan birşey yapmadım ki. Neden böyle söylüyorsun? Sizden para alıyoruz diye köle mi olalım? Kişilik haklarımızı elinize mi verelim?

Yaşlı kadın Hülya'nın işine hemen son vermiş, Hülya yine Songül'ün yanına gelmişti.

•••

Yine günler geçiyor, Hülya dışardan devam eden mahkemesine gidip gelmeyi ihmal etmiyordu.

Bu arada manevi yapısı iyice bozulmuş, ruhu manevi gıda alamadığı için bunalıyordu.

Dini duyguları nasıl yok olmuştu? Bu hale nasıl gelmişti? Düşündükçe kahroluyordu.

•••

Bu defa evli bir hanımın yanında çocuk bakmaya başlamıştı. Ancak kadın devamlı Hülya'yı gözaltında tutuyordu.

Bir gün ev sahibi erkek erkenden eve gelmiş, Hülya'ya hoş olmayan sözler söyledikten sonra ilave etmişti;

— Dul bir kadınsın Hülya. Gençsin de...

Hülya bu evi de göz yaşları içinde terk etmişti.

•••

Günler aylar böyle gelip geçiyordu. Hülya'nın romanında yazılmasını istemediği sıkıntılarla iş aramaya devam ediyordu.

Anne-babasıyla konuşmak, onları görmek onu rahatlatmıştı ama Hülya'nın çilesi yine bitmemişti.

Songül gece pavyona gidiyor, Hülya evinde oturuyordu.

Songül kendisini koruyordu ama Hülya onun evine gelip gidenlerden iyice sıkılmıştı.

Birgün Hülya bakkala gitmiş birşeyler alıp eve dönmüştü. Kapının önünde duran adamı görünce kendisini tepeden tırnağa kaynar suya batmış gibi hissetti. Bu adam Songül'ün küstah olan arkadaşıydı. Sıksık Songül'ün evine geliyor, Songül'e hissettirmeden kendisine sataşıyordu.

Ne yapsaydı şimdi. Görmemezlikten gelse arsızlar, görmemezlikten gelenin bu durumunu görmemezlikten gelirdi.

Kendi kendine karar verdi.

Adam bir sululuk yaparsa onun suratına iki tokat patlatacaktı.

Adam Hülya'yı görmüş sırıtıyordu. Hülya evin önüne geldiğinde sırıtarak sordu.

— Hülya hanım Songül yok mu?

— Evde ama uyuyor.

— İçeri girebilir miyim? Biraz laflarız.

Hülya konuşmak istemiyordu;

— Benim çok işim var. İsterseniz Songül ablayla konuşmak için öğleden sonra gelin.

— Ben seninle konuşmak istiyorum.

Kapının önünde konuşulduğu için Hülya etraftan çekiniyordu. İnsanlar zaten zan yapmak için bahane arıyorlardı.

— Benimle ne konuşmak istiyorsunuz?

— Laflarız, dedim ya.

— Benim işim var. Siz arkadaşlarınızla laflayın. Bana müsade.

Adam bırakmıyordu Hülya'yı.

— Bir dakika.

— Ne oldu?

— Beni yanlış anladınız.

— Nasıl anladığımı size söylemedim ki.

— Ama benim gözümden kaçmaz.

— Rica ederim. Bana müsade, çok işim var.

Adam tekrer Hülya'nın önüne geçti.

— Bakın Hülya hanım, beni yanlış anlıyorsunuz.

Hülya iyice sinirlenmişti.

— Ben sizi yanlış filan anlamadım. Lütfen yeter artık.

Hülya apartmandan içeri girerken adam kırk yıllık ahbaplarmış gibi ukalâ bir tavırla seslendi.

— Dur Hülya, ben de geleyim, içerde konuşuruz.

— Benim konuşacak birşeyim yok, ama ev benim değil, zaten devamlı geliyorsunuz, o halde yine gelin.

Adam zaten çoktan içeri girmişti.

Hülya bu ortamdan rahatsız oluyor ve devamlı kurtulmak istiyordu.

Birden aklına kendi hemşerisi olan, adalet bakanı Oltan Sungurlu gelmişti. Gidip ondan yardım isteyecekti. Mutfakta hem yemek yapıyor, hem de Oltan Sungurlu'yla konuşacaklarını planlıyordu;

Birden içerde olan adamın mutfağa geldiğini görmüştü.

— Birşey mi istediniz?

— Hayır, seninle konuşmak istiyorum Hülya.

— Ne konuda?

— Seninle uzun uzun konuşmak istiyorum. Onun için gel yemeğe çıkalım.

Hülya ürpermişti.

— Ben yemeğimi kendim yerim. Benimle ne konuşabilirsiniz ki?

— Bak Hülya, sen çok temiz bir kadınsın. Ama dulsun. Senin bir arkadaşa ihtiyacın var. Tanımadığın ......lerle beraber olacağına benimle beraber ol. Sana gül gibi bakarım.

— Bunlar ne biçim laf, ben kimseyle beraber değilim. Derhal bu evden çıkın.

— Bak şimdi bana namuslu ayakları yapıyorsun. Ben bilmezmiyim kahpe ayaklarını. Bana mı yutturuyorsun sürtük?

Hülya dayanamıyordu bu hakaretlere. Sesli seli Songül'e çağırdı.

— Songül ablaaa! Kalk ne olur burda bir sapık var, bana rahatlık vermiyor.

Songül duymamıştı Hülya'yı. Adamda kızgın kızgın söylendi:

— Gidiyorum lan... Kahpe, sürtük. Songül sattığı zaman göreceğim seni. Basıp parayı sırf inat için seni kiralıyacağım.

Tarifi imkansız bir durumdaydı Hülya. Bu ortama dayanacak gibi değildi.

Kararlıydı, Oltan Sungurlu'ya kesinlikle gidecekti.

Songül uyandığında niyetini ona anlatmıştı.

— Çarem yok Songül abla. Dayanamıyorum. Adalet Bakanına gidip soracağım, mahkumlara bir yardım eli yok mu?

— Onlardan hayır bekleme, hayal kırıklığına uğrarsın.

— Olsun, ben yine de gitmek istiyorum. Kaç tane kapı çaldım. Sabıkalıyım diye kimse iş vermiyor. Herhalde devlet bunları biliyordur.

— Evet, her fabrikaya bir sabıkalı alma, bir özürlü alma gibi durumlar konuşuluyor.

— Hem Oltan Sungurlu benim memleketlim. Herkes memleketlisine yardım ediyor, her halde o da eder.

— Peki sen bilirsin ama, Ankara'da adres bulmaya aklın kesiyor mu?

— Çarem yok. Bulmalıyım. Bu arada ben yokken babamdan bir haber gelirse ne olur dikkatlice not al.

— Sen merak etme canım. Keşke haber gelsin.

Gece onbir otobüsüne binmiş, sabah ezanında Ankara'ya varmıştı Hülya.

Yorgun argın Adalet bakanlığı'nı arayacaktı. İyice sabah olmasını bekliyordu.

Hülya saatlerce aradıktan sonra Adalet Bakanlığı'nı bulmuştu Hülya. Büyük bir mücadele sonucu. Bakanın karşısındaydı. Derdini, derdi tanımayan bakana anlatıyordu;

— Ben suçsuz yere yattım efendim. Ailem beni kabullenmedi. Beni dokuz yıl, dokuz ay, dokuz gün yatırdıktan sonra, kendisini temize çıkarmak için bana altı yıl sekiz ay ceza vereceklermiş. Ama ben şimdi iş bulamıyorum. Sabıkalı diye bizden korkuyorlar. Devlet elimizden tutmazsa kötü durumlara düşeriz.

Bakan rahat koltuğunda, rahat cevap veriyordu.

— Bu konuda bizim yapacağımız birşey yok. Elimizden birşey gelmiyor.

— Nasıl gelmez efendim, siz devletsiniz ben kimlere gideyim?

— Bilmem benim yapacağım birşey yok.

Hülya'nın yüzüne bile bakmıyordu bakan.

Gözyaşları içinde kapıya doğru çıkan Hülya, sert konuşuyordu;

— Bu nasıl insanlık böyle? İnsan kötü durumda kalmış hayvana bile yardım eder. Ama siz hiç ilgilenmediniz bile.

Bakan birşey söylememişti. Görünen oydu ki umursamamıştı bile.

Hülya umudu sönük geri döndü.

Günler yine aynı seyrinde devam ediyordu. Hülya'nın aklına, abayesinin emanet olduğu gelmişti. Hicran'ındı abaye. Hicran'da maddi yönden iyi değildi. Hemen gidip kendisine bir abaye almayı düşündü. Bunun için önce meşhur İslâmi giyim satan mağazaları gezdi. Hepsi de,

— Bize gelenlerin haddi hesabı yok. Yetişemiyoruz, diyordu. Son gittiği yer Arafat giyimdi.

Hülya sert ve şuursuzca konuşarak, kadına içini döküyordu;

— Bakın, ben kötü durumdayım. Elimden tutmaz, bana bir pardesü vermezseniz açılabilirim. İrademi dengemi kaybettim. Sonra günahımda sizin de payınız olur.

Tezgahtar hanım bu sözleri sıksık duyduğu için artık inanmıyor, inansa da isteği karşılayacak imkanları olmadığını söylüyordu.

Hülya'nın dünyasını bilse belki koşacaktı, şu haline kızmıştı Hülya'nın.

— Kardeşim, sen benim için mi kapanıyorsun? O kadar bilincin yoksa açıl, ben ne yapayım.

— Sizden destek bekliyorum. Benim imanım henüz duruyor ama kötü durumdayım, yaşadıklarım beni yıprattı. Siz böyle mi müslümansınız? Bana neden bir sahip çıkan yok?

Hülya kadını, kadın Hülya'yı anlayamıyordu.

Aklına Kızılay geldi Hülya'nın. Öyle ya, Kızılay madurlara yardım ediyordu.

Hemen araştırıp Tepebaşı'ndaki Kızılay şubeşini buldu. Canına tak etmişti olaylar.

Bazen cezaevindeki Emine ablasını düşünüyordu.

— Ah bir çıksan abla, sen olsaydın bunlar olmazdı, diyor, onun çıkmasını umutla bekliyordu ama o zamana kadar sağlam kalacakmıydı, bunun endişesini yaşıyordu.

Bu düşünceler ile Kızılay'ın kapısını çalmıştı.

"Buyrun" diyen kızılay memuruna anlatıyordu.

— Sizden yardım istiyorum. Bir iş, iş yoksa kimseye muhtaç olmıyacağım kadar yardım istiyorum.

Hülya'yı dinleyen kadın cevap veriyordu;

— Biz afetzedelere yardım ediyoruz.

Hülya şaşkın şaşkın kadına baktı.

— Anlamadım, nasıl yani?

— Bizim yardım etmemiz için, deprem, sel felaketi gibi doğal afetler olması lazım.

— Fakat, bende deprem görmüş gibiyim. Herşeyimi sel aldı. Ben ortalarda kaldım. Bundan ötesi ölümdür.

Kadın üzgün olduğunu belirterek;

— Elimden birşey gelmez efendim, dedi.

— Fakat siz bir yardım kuruluşusunuz. Bana kimse iş vermiyor. Bu durumda önümde iki kapı var. Ya hırsızlık, ya da öteki yol... Beni bu kötü durumdan kurtarın ne olur.

Kadın öteki fikrini söylüyordu;

— Sen dindarsın. Git dindarlara, sana yardım etsinler. Biz bir şey yapamayız.

Hülya konuşmasını esirgemiyordu;

— Başı örtülüleri dindarlara gönderiyorsunuz. Peki başı açık olanları kimlere göderiyorsunuz?

Umutsuzca oradan da ayrılmıştı.

Kurallar değişmeli bir bir,
Kurallar ezmemeli ikide bir.

•••

Hülya yine Songül'ün yanında yaşamaya devam ediyordu.

Songül'den kötü birşey görmediği gibi, devamlı moral bulucu sözler duyuyordu;

— Bak Hülya. Seninle kötü gün dostuyuz. Ben fahişe oldum ama senin olmanı asla istemem. Sakın dedikodular, gelip gidenler seni korkutmasın.

— Teşekkür ederim Songül abla. Biliyorum ama ben yine de başımın çaresine bakmalıyım. Bir yaşlı adam olsa, namusumu kurtarmak için ona bakmaya razıyım. Senin bir tanıdığın yok mu? En iyisi evlilik galiba.

— Canım genç kadınsın. İyi, namuslu bir gençle evlenirsin.

— Dulum abla. Dulluk bir şerefsizlik gibi görünüyor, kimse oğluna dul almak istemiyor.

Songül'ün bamteliydi bu konu.

— Haklısın. Oğulları hiç zina yapmamış aileler neyse

diyorum da, oğulları doksan fahişeyle yapmadığı kalmamış ailelere fıttırıyorum. Ulan senin oğlun bakiremi de, sen bakire arıyorsun. Evlenmemiş olan erkek doksankere halt yese, yine bakire sayılıyor. Buna dayanamıyorum. Namuslu rolü oynamalar da çabası.

Songül ağzını bozmuş, söylediklerini kulakları duymuyordu.

— Eşşoğlu eşekler. Biz damgalı gezelim, onlar her haltı yedikleri halde yine namuslularmış gibi dimdik geziyorlar. Biz de alnımızda kocaman lekeyle dolaşıyoruz... Ulan bu...

Hülya müdahale etmişti.

— Abla ne olur, çok küfür ediyorsun. Ağzını bozma. Çocukların duyacak. Hem de sana yakışmıyor.

— Aman sus be. O insanlara küfretmiyeceğim de kime edeceğim?

— Kimseye etme abla. Bırak Allah belalarını versin, sen ağzını bozma.

— Ben ağzımı bozsam ne bozmasam ne? Sen kendine bak da, ağzını bozma.

Birden aklına gelmişti Songül'ün.

— Sahi kız. Sen nasıl küfre alışmadın? Cezaevini gördükten sonra ben buna çok şaşırdım. Senin gibi ağzını bozmayan çok az insan gördüm.

— Ben ağzımın bozulmamasını, siyasi kızlara borçluyum. Evet, çoğu Allah'a inanmazlardı ama ağızları çok temizdi. Hiç küfretmezlerdi. Ben de onlarla beraberdim. Birazda küfürden nefret eden biriydim. Hiçbir zaman küfrü normal karşılayamadım.

— Aferin ama ben o vapuru kaçırdım. Öyle alışmışım ki, küfretmek, nasılsın, iyimisin demek gibi geliyor bana.

Hülya, Songül uyurken kalkıyor, şiirler yazıyor bazen not ettiği defterden başkasının şiirlerini okuyordu. Sanki şiirler ona arkadaş oluyordu;

SİTEM

Ansızın geldiniz kara geceler
Birgün gelip geçmiş olacaksınız.
Hayatı sarmış olan bu bilmeceler
Bitmiş çözülmüş bulacaksınız.

Güneşin sahte mi ey yalan dünya!
Neden yutmuyorsun zalimlerini
Ruhumda tükendi tamamen bittim ya
Artık tutma üstünde benim tenimi. (E.Ş.)

Hülya şiirleri yazıyor, okuyor, ağlıyor, hıçkırıyor ve günleri böyle doldurmaya çalışıyordu. Hicran'ın abayesini giydiği için de sıkılıyordu. Recep abisi ona abaye alacaktı ama fitneci kadın yüzünden onlara da gidemiyordu. O hanımın fitnesi, onun hemen oradan ayrılmasına sebep olmuştu.

Gidip ilk iş olarak Hicran'ın abayesini vermiş, şimdi etek ve buluzla gezmeye başlamıştı. Açılmaya ilk adımı atmıştı bile kendi haline çok üzülüyor, aşkla ihlasla İslâm'a döndüğü günlerin hayallerini kuruyordu.

Her geçen gün bir şeyler eksiliyordu Hülya'dan. O ise defterine bir yerlerden aldığı şiiri okuyor, o şiirin kendisi için yazıldığına inanıyor, gözyaşlarını tutamıyordu.

MAZİ

O gün güller gibi açıvermiştim.
Kuşlar gibi kanatlanıp uçuvermiştim.
Şimdi de kırdılar benin kanatlarımı
Kopardılar o gül rengi yapraklarımı.

Rüzgarlar benden zalime haber götürün
Suçluları bulun yüzlerine tükürün.
Ey benim defterimin hüzün sayfaları
Kim değiştirecek, görmeyen kafaları.

Sordum benim gibi acıyı içen var mı?
Söyleyin benim gibi her şeyi biten var mı?
Dilenci ben gibi rencide edilmedi
Hiç kimse ben gibi, sille tokat yemedi
Ben bittim, ben usandım ben çokta yoruldum.
Eller bir kez vurulur, ben çokça vuruldum. (E.Ş.)

Şiirleri defterine yazıyor, sonra da ağlayarak tekrar

tekrar okuyordu...

Bir gün yine bakkaldan dönüyordu ki, birden durdu. Karşısında duran kadını bir yerden tanıyordu. Dikkatlice baktı:

— Ebru sen! Sen misin Ebru?

— Benim Hülya, neden tanıyamıyorsun?

— Öyle çok değişmişsin ki anlatamam.

İki kadın sokakta birbirlerine sarılmışlardı. Cezaevinde tanışan iki arkadaştılar. Çok iyi tanıyorlardı birbirlerini.

Hülya onu görünce büyük bir hasret gidermişti. Çok dürüst bir insandı Ebru. Hemen birbirlerini eve davet ettiler.

Oturup konuşmaya başladılar;

— Nerde oturuyorsun Hülya?

— Beyoğlu'nda oturuyorum.

— Ben Mis Sokakta oturuyorum. Birbirimize yakınmışız.

— O halde yarın görüşelim Ebru. Sana çok ihtiyacım var.

— Benim de öyle. Öyle özledimki seni. Yarın bana gel.

— Ama ben senin evini bulamam, bir yerde buluşsak.

— Tamam. Nerde buluşalım? Beyoğlu Ünal mağazasının önünde buluşalım.

— Saat kaçta?

— Birde buluşalım. Ben gelir seni alırım.

Birbirlerinden ayrıldıklarında Hülya sevincinden uçuyordu. Haftalardır hasretti bir arkadaşa. Geceyi çok heyecanlı geçirdi. Ertesi gün Ünal mağazasının önünde buluşmuşlar, yine birbirlerine sarılmışlardı.

Beraberce Mis sokağa doğru yürümeye başladılar.

Hülya Beyoğlu'nun ünvanını çok iyi biliyordu. İstiklal caddesinde hem yürüyor, hem de soruyordu.

— Ebru, sen neden Beyoğlu'nda oturuyorsun? Daha temiz bir semte gidemez miydin?

— Haklısın ama kocam meyhaneci, uzağa gitmiyor.

Hülya ürpermişti.

— Nee! Sen meyhaneciyle mi evlendin? Aman Allah'ım inanamıyorum. Senin gibi akıllı bir kadın meyhaneciyle nasıl evlenir?

— İnsan bazı işleri isteyerek yapmaz Hülya. Çoğu kez işler insanlara isteksiz yaptırılır. Baktım ki sokakta kaldım, hiç olmaz meyhaneci de olsa, namustan anlayan, karısını satmayan biri olsun dedim. O da gerçekten içki satıyor ama namuslu bir adam.

Beyoğlu'na gelince. Beyoğlu eskiden bey oğullarının bulunduğu en temiz semtmiş. Bakılmasa bağlar bile dağ olur. Beyoğlunu gerçek bir Beyoğlu yapacak belediye başkanı gelirse, yine eski halini alır diyorlar. Şimdi adımbaşı kötü yerler.

Hülya her ne kadar bozulmaya başlasa da, yine iç dünyasının derinliklerinde İslâm bir sızıydı.

— Birgün inşaallah bu kötülükler düzelir. Milletin vicdanı yerine gelirse, her şey düzelir de, biz görür müyüz onu bilemiyorum.

— Aman Hülya, sen deli misin? O işler geçmiş artık. Boşuna ümitlenme.

Yürüye yürüye Mis sokağına gelmişlerdi;

— İşte geldik Hülya. Şurası bizim ev. Çok geçmeden eve girmiş, çaylarını demlemişlerdi.

— Ee Ebru, anlat bakalım ne yaptın?

Karşılıklı koltuklara oturdular. Ebru anlatmaya başladı.

— Hülyacığım, biliyorsun ben namus yüzünden adam bıçaklamaktan beş yıl hapis yattım. Cezaevinden bir çıktım ki görme. Herkes "metresiydi o öldürdüğü adam" demişler. Kocam olacak alçakta buna inanmış, beni eve almadı. İşin garibi ailem de almadı.

Çaresizlik beni bu adamla evlenmeye itti. Eee sen neler yapıyorsun?

Hülya şeytan ruhlu bir kadına aldanarak Asiye'nin yanından nasıl ayrıldığını, sonra başına neler geldiğini bir bir anlatmıştı.

Akşama kadar konuşmuşlar. İyice dertleşmişlerdi.

Hülya ne zaman başı daralsa, biriyle konuşmak istese, Ebru'ya gidiyordu.

Bir akşam Songül'le otururken yine Songül'ün arkadaşları gelmişti. İçlerinden biri sözü döndürüp, dolaştırıp dul kadınlara getiriyordu.

— Dul kadınlar çok naz yaparlar. Ama ben hemen anlarım. Yahu bana söker mi be?

Bu arada Hülya'ya dikmişti gözlerini.

— Dul kadının dindarı olmaz arkadaş. Olsa da bana

sökmez.

Songül bu konuşmadan rahatsız olmuştu.

— Bana bak it. Ağzını topla, benim gözümden birşey kaçmaz. Kalk bakim sen, senin gibilerine evimde yer yok.

— Ne yani, senin evine gelenler az pezevenkler mi? Şimdi namus timsali mi kesildin?

— Ben evimdeki misafirimi korurum.

— Daha iyi fiata satmak için mi?

Adamı apar-topar kovdurmuştu Songül.

Hülya derin derin düşünüyordu. Bir yerde dul, öteki yerde sabıkalı olmak suçtu.

Bir çare bulmalıydı ama nasıl?

Gece ve gündüz tek düşündüğü şey çare bulmaktı. Dünya'nın dert mengenesinden geçiyordu Hülya. İntahar etmeyi hâlâ daha düşünmüyordu. Başındaki başörtüsü de senbolik bir simge gibiydi. Hülya'nın o iman dolu ruhu da eskimişti ama yine de imanı derinlerde duruyordu.

Dul ve sabıkalı oluşu, onu koca dünyaya sığdıramamıştı. Nice şerefsizlerin ayakta karşılandığı dünya, Hülya'ya dar geliyordu.

Karar vermişti, kendisine başka bir yer bulmalıydı.

Her gece ağlamaktan gözleri şişiyor, rüyalara bile yorgun giriyordu.

Haftalar yine geçiyor, yine olumsuzluklar oluyordu.

Komşularından bir erkek daha yolunu kesmişti.

— Hülya hanım, bakar mısın?

Hülya elindeki paketlerle durmuştu;

— Buyrun.

— Şey. Size birşey diyecektim de. Nasıl söylesem? Şey, sizinle çok önemli bir konuda görüşmem lazım.

Hülya bu niyetin pek iyi olmadığını tahmin etmişti. Anlamamazlıktan gelerek sordu,

— Neyle ilgili konuşacaksınız?

— Sizin hakkınızda.

— O halde bize buyrun.

— Olmaz. Sizin evde ortam müsait değil.

— O halde ben size geleyim. Hanımınızda yanımızda olursa daha iyi olur.

Adamın yüzünü alev gibi ateş sarmıştı.

— Olmaz. Karım eski kafalıdır, yanlış anlar.

— Ne demek eski kafalı? Pek anlayamadım da.

— Şey çok kıskançtır.

— İyi ya demekki namuslu bir kadınmış. Üstelik imanı varmış. Hem de sizi seviyormuş. Sevmenin, kıskanmanın adı ne zamandan beri geri kafalılık oldu?

Adam bozuluyordu;

— Canım uzatmayalım işte, sizi yemeğe davet ediyorum.

Hülya bu adama haddini bildirmek istiyordu.

— Siz beni yemeğe davet ederken, bir başka erkekte sizin hanımınızı davet etmiş olmasın?

Adam birden kabadayı kesilmişti.

— Bana bak kapalı yosma! Konuşmana dikkat et.

— Şimdi yosma olduk değil mi? Geçen gün de bana

acıdığını, benim çok temiz kadın olduğumu söylüyordun. İşine gelmeyince yosma oldum. Sen nesin? Erkek yosma. Kafanı dağıtmadan cehennem ol yanımdan.

– Senin gibileri bilirim ben. Kapalı, din simsarları. Kızım sen neden kapandığını bile bilmiyorsun eminim. Ya da millet seni namuslu sansın diye kapanıyorsun. Mahallede adın kapalı yosma.

Hülya artık dayanamamıştı. Elindeki torbayı bütün gücüyle adamın suratına çarpmıştı.

Adam kimsenin görmemesi için, birşey olmamış gibi hemen oradan ayrılmıştı.

Hülya eve geldiğinde hıçkıra hıçkıra ağlamış, "zaten üzerimde bir abaye bile yok, bu örtüde olmasın" diye düşünmüş, başörtüsünü hızla çıkarıp yere fırlatmış, sonra da hem ağlıyor hem söyleniyordu.

— Allah'ım! Kullarınla, çilemle baş edemedim. Beni affet, onlarla mücadele edemedim. Kimseler elimden tutmadı Allah'ım. Beni görüyorsun. Ne olur beni bu durumlardan kurtar, sana tekrar döneyim.

Vicdanı sızlıyordu. İlk kapandığı günleri düşündü Hülya. O gün ne kadar mutlu olmuş, manevi bir haz duymuştu, Kendisini melek gibi hissetmişti. Ne oldu o günler, diye düşündü. Ah Emine abla ah. Görsen Hülya'nı ne yaparsın acaba?

Hülya birden on yıldır gidip geldiği Birinci Ağır Ceza Mahkemesi katibi Hülya'yı hatırladı. Hülya'ya çok gönülden ısınmıştı. Katip Hülya, Hülya'nın mahkemesinin, konularını zabt ederken, yüz hatlarını dalga dalga hüzün kaplıyordu. Gidip katip Hülya'yı bulacak, onunla dertleşecekti. Özlemişti onu.

Çok geçmeden iki Hülya birbirine sarılıyordu. Sonra kalem odasında oturup konuşmaya başladılar. Katip Hülya, mazlum Hülya'ya çok üzülüyordu.

— Biliyor musun Hülya. Senin mahkemende tuşlara basarken ellerim titriyordu. Bu kadar zaman mahkemelerde bulundum. Sana üzüldüğüm kadar kimselere üzülmedim.

— Beni yaktılar Hülya kardeş. Öyle yaktılar ki, yangını hâlâ sönmedi.

Hülya akşam tekrar eve dönmüştü arkadaşı anlatıyordu;

— Hülya, sana bir şey soracağım. Yaşlı bir adamla evlenir misin?

— Tabii evlenirim. Zaten benim için bundan sonra mutluluk diye birşey mümkün değil. Başımı sokayım, karnım doysun, kimseler bana dul olduğum için kötü bakmasınlar. Bıktım artık. Bir iş bulabilseydim, iş bulduğum yerde kalsaydım... İnsanlar beni hayal kırıklığına uğratmasalardı, belki böyle saçmalamazdım. Sahi abla buralada bir Erzurumlu gelin varmış, onu tanıyorsan beni ona götürür müsün?

— Tabii götürürüm. Anladım kimden bahsettiğini. Bizim Mustafa Ali Ertürk'ün gelininden bahsediyorsun. Bu akşam gidelim.

Hazırlanıp iki kadın Asmalı Mescit'te oturan Erzurumlu gelini görmek için sokağa çıktılar. Çok geçmeden karanlık merdivenleri olan ahşap bir binaya girdiler. Hülya bu merdivenlerden ürkmüştü. İçinde bir korku vardı;

— Tamam. Bu kadın beni buralarda satacak galiba. Acaba ne yaparım diye kendi kendine düşünürken, hem o korku veren merdivenleri çıkıyor, hem de düşüncelerini arkadaşına belli etmeden soruyordu.

— Neden bu merdivenlerde ışık yok?

Arkadaşı umursamaz tavırla cevap veriyor, bir taraftan da el yordamıyla merdivenleri takip ediyordu.

— Bakımsız merdivenler.

— Sen daha önce buraya geldin mi abla?

— Evet geldim. Ali Ertürk benim arkadaşımdır.

— Yaa!...

Hülya'nın korkusu hepten artmıştı.

Nihayet 2. katın kapısını hızlı hızlı vuruyordu Hülya'nın arkadaşı;

Kapıyı başı açık ama temiz yüzlü bir hanım açtığında Hülya biraz daha rahat etmişti.

Genç kadın;

— Buyrun buyrun. Hoşgeldiniz.

Genç kadın onları çok güzel karşılamıştı. Birkaç saat oturduktan sonra konsomatris kadın "kalkalım" dedi. Yanlarında arkadaşları da vardı.

— Burası Ali beyin oğlunun evi. Şimdi kendi evine gidelim. Oraya bıraktığım bir öğretmen kadıncağız var, bakalım ne yapıyor?

Hülya merak etmişti;

— Neden oraya bıraktınız?

— Birinden çocuk peydahlamış, ailesi de onu reddetmiş. Gidecek yeri yokmuş. Bende bir yer bulamayınca Ali Abiye götürdüm. Kadıncağızı görmem lazım, bakayım ne yapıyor? Benimle gelir misin Hülya?

— Tabii gelirim abla. Şimdiye kadar sana itiraz ettim mi?

On dakika sonra yaşlı adamın evindeydiler.

Ali beyin evinde duran öğretmen hanım mutsuzdu. Ali bey konsomatris kadınla samimi bir pozisyonda oturmuş konuşuyorlardı.

Hülya da öğretmen hanımla konuşuyor, ona yardım ediyordu. Bir taraftan da onların ne konuştuğunu ve samimiyetlerini anlamaya çalışıyordu. Ne yapsa nafile, onları duymuyordu.

Öğretmen hanımın sesiyle irkildi.

— Siz buralarda ne yapıyorsunuz?

Hülya ne söyliyeceğini şaşırdı.

— Sormayın abla. Hikayem çok uzun.

— Bunlar seni sermaye yapmasınlar sakın?

— Allah korusun. Yok bunlar öyle insan değiller.

— Bana öyle gelmiyor.

— Peki siz burda ne arıyorsunuz? Bu adamla evli misiniz?

— Henüz değil. Sevemedim adamı. Çocuğumun hatırı için sürünüyorum. Şerefli mesleğime de, kendime de yazık ettim. Ailem kabul etmedi. Ben sürünüyorum, beni hamile bırakan, keyfinde, sefasında aynı hayatına devam ediyor. Ne yapacağımı bilmiyorum.

Yaşlı adam gelir-gelmez mutfağa giden Hülya'dan hoşlanmış, kendi kendisine "acaba bu kadın benimle evlenmez mi?" diye düşünüyordu.

Sonra konuyu yanındaki hanımlara açtı.

— Siz beni yirmi dört saat içinde bu kadınla evlendirebilir misiniz?

Çok acele evlenmek istemesine akıl erdirememişlerdi.

Birkaç gün için öğretmen başka yere gönderilmiş, Ali beyin isteği Hülya'ya anlatılmıştı. Hülya zaten sıhhatli düşünme duygusunu kaybetmişti.

Hülya başörtüyü atmasına rağmen, yine de hiç baş örtüsüz sokağa çıkamadığından, yarım olarak örtüsünü başına almış, o gün Ali beyin evine öyle gitmişti. Ali bey, yarımda olsa, Hülya'nın dindar ruhlu olduğunu öğrenmişti.

Bir çırpıda işleri ayarlamışlar, Hülya'ya hoca getirip dini ortamdan ve şartlardan uzaklarda, "dini nikah" kıymışlardı.

Hülya yine korku dolu anlar yaşıyordu o, Ali bey de onu teselli edebilmek için şöyle diyordu:

— Bak Hülya. Ben yaşlı bir adamım. Eğer pişmanlık duyuyorsan hemen bu işten vaz geçebiliriz.

Hülya rahat etmişti.

— Demekki dürüst bir insanla karşılaşmıştı.

Hülya yeni bir hayata atılmış, kendisini birden bire burda bulmuştu. İlerde, kocasının neden bu kadar kısa zamanda Hülya ile evlenmek istediğini öğrendiğinde şok olacaktı.

Hülya'nın evlendiği bu esrarengiz adamın iki de özürlü çocuğu vardır ve Hülya onlara bakmayı üstlenir.

Hülya evinin kadını olmaya niyetlidir. Yine tedirgin hayat yaşasa da, bunu kendisinden bile saklamaya çalışır. Fakat Hülya'nın ilgisini çeken iki olay vardır. Bunu Ali beye sormadan edemez. Birgün kahvaltıdan sonra sorar;

— Benim aklım almadı, bu ne iş?

Sen sabahleyin eve geliyorsun. Filiz, Nuray, onlarda sabahleyin geliyorlar ve geldiklerinde zilzurna sarhoşlar.

Adam hemen vermişti cevabını.

— Canım kaset dükkanımız var kızlar orda çalışıyor. Ben de lokantada mecburen sabahlıyorum.

— Kaset dükkanında kızlar neden sarhoşlar anlamadım.

— Canım alıp içmişlerdir.

— Hergün mü? Ona can, ona para dayanır mı?

Hülya kuşkularını açığa çıkartacak bir cevap alamıyordu. Günler, haftalar yine geçiyor, Hülya'nın dünyası değişmiyordu. Derdini dökmek üzere Mis sokakta oturan Ebru'ya gitti.

Yine dertleşiyorlardı.

— Şüphe içindeyim Ebru, adam eve birilerini getiriyor. Hepsi sarhoş. Artık iyice korkmaya başladım.

— Canım kuruntu yapma. Belki abartıyorsundur.

— Böyle abartı olmaz Ebru. Adamın bir oğlu var işi belli değil, çocuk çok kibar biri, Allah için bana karşı çok saygılı. Ama hâlâ daha ne iş yaptığını bilmiyorum. Ben de, bir ihtimal belki hamileyim. Adamla fazla birlikteliğimiz yok ama kader galiba.

— Merak etme, sen o iki özürlü çocuğa bakıyorsun ya. O sana yeter, kafana takma.

Ebru nasıl teselli edeceğini şaşırıyordu.

Hülya'ya çok üzülüyor ama bunu belli etmemeye çalışıyordu.

O gece, sabaha karşı bir genç kızla gelmişti Hülya'nın beyi.

Hülya uykusundan yeni uyanmış evinde genç bir kız görünce şaşırmıştı.

— Bu kız kim? Nerden geldi, niye geldi?

Ali bey üzüntüyle cevap verdi.

— Kızı alıp kötü yola düşüreceklerdi. Adamların ellerinden aldım. Bu gece bizde kalsın, yarın bir yerlere göndeririz.

Hülya çok üzülmüştü.

— Vah, vah. Yazık kıza. Aman yardım edelim.

Hülya sarhoş olan bu küçük kıza yatak hazırlamış, onunla aynı odada yatmıştı. Her ihtimale karşı onu koruyordu.

— Ertesi gün öğleye doğru uyanmıştı genç kız. Önce etrafına bakınıp bir müddet düşündükten sonra Hülya'ya sordu;

— Ben nerdeyim? Burası neresi?

Hülya gülen yüzle cevap verdi.

— Burası benim evim canım. Korkma. Emin yerdesin. Kalk kahvaltını yap kendine gelirsin.

Genç kız elini yüzünü yıkadıktan sonra kahvaltıya oturdular.

— Ben buraya nasıl geldim?

— İçkiliydin. Çok şarhoş olmuştun. Hemen yatırdım seni.

— Peki kim getirdi beni buraya?

— Eşim getirdi. Seni kötü adamların elinden kurtarmış.

— Aman Allah! Ben ne yaptım? Benim buralarda ne işim var?

— Nerelisin?

— Doğuluyum. İstanbul'a kaçıp geldim. Beni bir pavyon mu, bar mıymış ne oraya getirdiler. Orda yaşlı bir adama verdiler. Yaşlı adam da, sen erkeklere içki içireceksin, ne kadar çok içirirsen, o kadar fazla kazanırsın, dedi.

Ben de ilk defa içiyordum, demek kendimi kaybetmişim.

Biraz sonra Ali bey içeri girdiğinde kızın rengi sararmıştı. Eliyle işaret ediyor, ama Hülya anlamıyordu.

Kahvaltı bittikten sonra Ali bey dışarı çıkmış, iki hanım başbaşa kalmışlardı.

Hülya sordu;

— Sen bana ne işaret ediyordun?

— Benim söylediğim adam buydu. Onu işaret ediyordum.

Hülya'nın başı dönmüş, kulakları uğulduyordu,

— Nee! Bu gördüğün adam mı? O mu sana erkeklere içki içireceksin dedi?

— Evet oydu. O zaman sarhoş değildim, onu tanıdım.

Hülya şok üstüne şok yaşıyordu. Demek kocası pavyon işletiyor, kendisine de lokantam var diyordu. Saatlerce kendine gelememişti. Sarhoş gibi dolaşıyordu evde. "Demek bir p...... ile evliyim" diyor, yine yer yer göz yaşı döküyordu.

Saatler geçiyor, Hülya kendine gelemiyordu. Bu arada genç kıza kendi başından geçenleri anlatmaya başlamıştı.

— Henüz adamı tam olarak tanımıyorum. Senin sayende tanıyacağım. Ne olur beni dinle. Belki seni kötü yola düşürürler. Hayatını perişan etme ne olur? Kıyma kendine. Polise git, birilerine sığın ama sakın kötü yol kadını olma. Bu dünya baki değil. Nasıl olsa acısı da geçecek tatlısı da. Hiç olmaz şerefli yaşarsın.

— Kötü yola düşmek ben de istemiyorum abla. Ama

bütün kapıları kapatıyor, sadece kötü yolun kapısını açık tutuyorlar. Yaşım küçük ama ben çok olaylar yaşadım, bildiğin gibi değil.

— Benim kadar çekmiş olamazsın. Ama yine de anlat bakalım ne oldu? Buralara nasıl düştün? Gerçi yolun başındasın. İstersen hemen dönebilirsin.

Hülya genç kıza teselli veriyordu ama bir taraftan da kocasının durumunu öğrenme şokunu atlatamıyordu. Bir umudu vardı. Belki genç kız yanılıyordu, belki başka biriyle karıştırıyordu. Kendisine bu teselliyi verdikten sonra genç kıza döndü.

— Hele anlat bakalım. Nasıl oldu, sen buralara nasıl geldin?

Genç kız derin bir nefes aldıktan sonra anlatmaya başladı:

Benim çilem ilk okul beşe giderken başladı. Çok yakınım bana cinsel tâcizde bulundu. Ben bunu hazmedemedim. Hastalandım, korktum, ürktüm, insanlardan kimseye duyurmadım. On dört yaşıma geldiğimde dayımın oğlu beni kirletti. Ne yapıp edip benimle evleneceğini söyledi. Beni deli gibi sevdiğini, bensiz yapamıyacağını her defasında dile getirdi.

İşin acı yanı bende ona âşıktım. Annem, babam öldükten sonra evlendi, üvey babam beni istemeyince annem beni dayımın yanına verdi. Çünkü annem gün görmemiş bir kadındı. Evlendiği adam beni istemedi. Bu yüzden dayımdaydım. Ben bu durumdayken, dayımın oğluna başka kızlar istiyorlardı. Dayanamıyordum. Dayımın oğlu olan Sami'de beni teselli ediyor du.

— Onlar istesinler, ben kimseyi beğenmeyince nasıl olsa seni bana alacaklar sen üzülme diyordu.

Ben de temiz kalpli olduğum için inanıverdim.

Bir gece baktım evde bir telaş var. "Ne oluyor?" dedim, dayımın hanımı

— Bu gece Sami'ye söz kesiyoruz, dedi.

Nasıl yıkıldığımı anlatamam. Hemen dışarı çıkıp Sami'yi aradım. Yol üstünde duruyor, birini bekliyordu.

"Sami" dedim.

— Biliyor musun, annenler sana söz kesmeye gidiyorlar.

Gayet sakin cevap verdi;

— Biliyorum canım. İnanki çok üzülüyorum. Hem de hiç sevmediğim bir kızla söz kesiyorlar.

Benim dünyamın yıkıldığı yerde, o çok rahat geldi bana. "gidelim" dedim.

— Ne olur annene babana her şeyi anlatalım.

— Sakın ha! Her şeyi berbat edersin. Senin benimle ilişkini duyarlarsa sonra asla kabul etmezler. Ben bu sözü atacağım canım, sen hiç meraklanma, dedi. Sordum;

— Ya atmazsan?

— O zaman istersen beni öldür dedi.

Ona inanmıştım.

Hep beraber söz kesmeye gittik.

Sözleneceği genç kızı uygun bir yerde yakaladım.

— Sen Samiyi seviyor musun? dedim. "Tabi seviyorum" dedi ve ilave etti.

— O da beni seviyor.

Bütün bedenim sarsılıyordu sanki. Yüreğim ateşle dolmuştu, sordum;

— Nerden biliyorsun?

— Biz onunla birbirimizi ilk okuldan beri seviyoruz, dedi. Ben bu hikayemi bir yazara da anlatmıştım.

Olduğum yere çöktüm. Ne yapacağımı bilmiyordum. Şuurumu kaybetmişim.

Ben ağlamaya başladım. Genç kız da şaşırmıştı. Israrla sordu, ben de söyledim.

— Benim hayatımı mahvederek, seninle bir hayat kurmaya kalkıyor, bana da yalan söylüyor, dedim. Genç kız da şok yaşıyordu.

— Sen ne diyorsun ne yalanı?

— Beni kirletti. Mutlaka seni alacağım, dedi. Meğer seni seviyormuş. Genç kız söz yüzüğünü geri çevirip misafirlere bu sözün olamıyacağını söyledi. Ağlıyordu, hem de hıçkıra hıçkıra ağlıyordu.

Eve geldik.

Sami beni sıkıştırdı.

"Sen söyledin değil mi? Ona sen söyledin?"

Evet ben söyledim. Sana iftira mı ettim?

Sami nefret dolu gözlerle bana baktı.

"Sersem. Daha genç kızken benim olan bir kızı alırmıyım ben? dedi."

Bu bana çok acı gelmişti. Hemen olup bitenleri dayıma anlattım.

Dayım beni de, onu da yan yana getirdi. "söyle" dedi oğluna;

— Bu kızın söyledikleri doğru mu?

Sami gözünü kırpmadan cevap verdi;

— Yalan söylüyor baba. Kimbilir kiminle kırıştırdı bana çamur atıyor.

— Hayır dayıcığım, ne olur bana inan. Oğlun beni alacak diye...

Daha sözümü bitirmeden dayım beni tokatlamaya başladı.

— Kahpe. Hem pişmiş aşımıza su katarsın, hem de iftira edersin öyle mi?

Beni dakikalarca dövdü

— Çabuk söyle, seni kim kirletti?

— Oğlun.

— Yalan söyleme, seni öldürürüm.

— Yalan söylemiyorum, ne olur inan dayıcığım.

Dayım daha sonra oğluna döndü:

— Sami bu kız ne diyor?

Çılgınca beni sevdiğini söyleyen Sami

— Yalan söylüyor baba, dedi.

O, çocukluktan yeni çıkmaya çalışan dünyamı düşüne biliyor musun? Perişan oldum.

Ertesi gün dayım beni amcamın yanına verdi. İnanması ne kadar güç Allah'ım. Bu defada amcamın kaynatası saldırdı bana. Yaşlı başlı adam. Ben de istanbul'a Semra'nın yanına kaçtım. Semra gece hayatında çalışan biriydi. Beni bu amcayla tanıştırdı. Gerisini hatırlamıyorum, gözümü sizin evinizde açtım.

Hülya kanı donmuş gibi dinliyordu.

Genç kıza yine öğüt vermeye devam etti.

— Bak canım, zararın neresinden dönersen kardır. Bundan sonra adımlarını sağlam atmaya çalış. Hay Allah, acaba sokakta kalanlar için devletin bir yeri yok mudur?

— Bilmem ki.

— Seninle birazdan gidip araştıralım. Böyle gidersen senin durumun kötü olacak.

O gün her yere müracaat edip sormuşlardı. Ama devletin böyle bir yeri yoktu. Hülya "bu nasıl devlet" diye isyan ediyor, ama başka bir şey yapmıyor, yapamıyordu.

Akşama doğru eve geldiler

Saatler sonra Ali bey de eve gelmişti. Yine sarhoştu. Sordu;

— Bu gün ne yaptınız?

— Hiç. Biraz sokağa çıktık o kadar.

— Hülya içini kemiren soruları soramıyordu. Hiç bir şey hissettirmeden devam ediyordu yaşantısına. Gece yarısı kızı alıp götürmüştü Ali bey.

Hülya telaşla sordu;

— Bu kızı nereye götürüyorsun?

— Bir akrabasını bulduk, onun yanına götürüyoruz.

Hülya bu habere sevinmişti. Ne de olsa, akrepleşmemiş akraba insana yar dı. Sevinçle uğurladı kızı. Batakhanede batmayacak umuduyla.

Hülya yine evde yanlız kalmış, Beyoğlu sokaklarından gelen kah nara sesleri, kah küfür sesleri duyarak uyumaya çalışıyordu. Fakat ne mümkündü? Bu sesler odanın içindeymiş gibi yakındı. Karşı binalara çarpan sesler dahada yüksek çıkıyordu.

Hülya yatağından kalkıp yine evin içinde gezinmeye başladı. Cezaevini düşündü. Şu anda yaşadığı hayatın ne farkı olduğunu bulmaya çalıştı ama bulamıyordu. Fazla dertlerin içinde olduğunu düşünüyordu.

Hülya her şeyin rejimden kaynaklandığını biliyordu. Fakat tam net tahlilleri yapamıyor, düşünceleri birbirine karışıyordu. Bu arada eski hali gitmiş, İslâmi ruhu ölmüştü. Baş örtüsünü artık kullanmıyor, ama kahrından da ölecek gibi oluyordu. Kendisi de şaşırıyordu buna. Bu işi nasıl yapmıştı, nasıl bozmuştu onu olaylar? Ağlayarak kalktı. Yine defterini açıp, daha önce yazdığı şiirleri okumaya başladı.

YOLLAR

Bitmez bir veba mısın ey benim kederim?
Yıllar varki gülmedim, ben hep hederim
Böyle uçuklamış benle, ben nere giderim
Artık bana da yol verin, ne olur yollar.
Akrep olup sardı beni, her yandan kollar.

Birgün güneş doğsa vursa gözlerime
Huzur, peri gibi girse, gelse evime

Kulak versem o dem huzurun sesine
Bırakın beni geçeyim, geç kaldım yollar.
Akrep olup sardı beni her yandan kollar. (H.T.)

Günler haftalar geçtikçe Hülya'nın huzuru daha da çıkmaza giriyordu.

Bir gece yine bir kadın getirmişti adam.

"—Bu misafirimiz bir kaç gün bizde kalacak" demiş, başka açıklama yapmamıştı. Hülya sevecen ev sahibi edasıyla;

— Peki, hoş geldiniz sefalar getirdiniz.

Artık gelip giden kadınların sayısı artıyordu. Türkan'a çok acımıştı Hülya, ona da akıl vermeye başlamıştı.

— Bak kardeşim! Ne olur kendini kurtar. Bana öyle geliyorki, üvey oğlumla babası kadın satıyorlar. Seni de satar bunlar, ellerinden kaç kurtul kardeş.

Masum masum duran kadın cevap verdi.

— Ama benim yol param bile yok, ben nereye giderim?

Hülya çok üzgün halde sordu;

— Sen nerelisin kardeş.

— Bayburtluyum. Adım Türkan.

— Vah vah. Bayburtluları bilirim. Namuslarına çok düşkündürler ama her yerden olduğu gibi, ordan da kötü yola düşenler olur. Düzen baştan bozulduğu için her il bundan payını alıyor. Ama sen korkma. Ben sana harçlığımdan biriktirip para vereceğim. Sen de memleketine dönersin.

Kadın buna çok sevinmiş görünüyordu. Fakat gider gitmez Hülya'nın anlattıklarını kocasına ve Hülya'nın üvey oğluna, anlatacak, birde Hülya için "köylü parçası cahilin teki, onun parasını alıp yiyelim" diyecek. Hülya'da bunu yıllar sonra öğrenecekti.

Aylar ayları kovalıyordu. Artık Hülyanın şüphesi yoktu. Bunlar pavyon işletiyor, bu arada kadın da satıyorlardı.

Cezaevinde şuurlandığı dönemde hiç haram para yemeyen Hülya öyle hale gelmişti ki, artık zina parası yiyordu. Buna dayanamıyordu Hülya. Ölümden beter geliyordu bu parayı yemek. Ablasını bekliyordu. Ceza evinden bir çıksa, o bu işe çare bulacaktı.

Bütün bunlara rağmen her geçen gün kocası daha kötü oluyor, hiç ayık gezmiyordu.

Bir gün yarı ayık bulunca kocasına sordu;

— Sen hiç Allah'tan korkmuyor musun? Bu işi nasıl yapıyorsun? Madem yapıyordun bana neden söylemedin?

— Söyleseydim benimle evlenmezdin. Zaten onun için 24 saat içinde seninle nikah kıydım.

Hülya çok üzüldü ve sadece mırıldanmakla yetindi;

— Yaa demek onun için acele ediyordun?

— Evet, zamanı uzatırsam öğrenirdin.

Hülya dinmeyen göz yaşlarıyla devam etti.

— Böylece benim hayatımı hepten mafv ettin.

— Canım aç mısın açık mısın? Seni satan yok ya. Otur oturduğun yerde. Çocuklarıma iyi bakıyorsun, geçinip gideriz.

— Yani iyi bir dadıyım. Benim dünyamın hiç kıymeti yok öyle mi?

— Hayır. Öyle olsa seni nikahıma almazdım.

Konuşmaların hiç birisi Hülya'ya fayda vermiyordu. Hülya yine gidip Ebruyla dertleşiyor fakat her geçen gün, Ebru'nun durumunu da kötü görüyordu.

Sanki bütün yollar kapanmıştı Hülya'ya. Her geçen gün karanlığın daha derinlerine gidiyordu.

Ayyaş kadın ve erkekler evini genelevi imajına çevirmişti. Bu manzaraya da tahammül edemiyor devamlı ceza evinde başlayan amansız hastalığı vücuduna yayılıyor, ciğerleri bitiyordu.

Epey bir zaman sonra Asmalı Mescitteki üvey oğlu nun yanına taşınmak zorunda kalmışlardı. Bu arada Hülya da, kaset satmaya başlamıştı.

Hülya Allah'a isyan eden şarkıları, türküleri dinlemeye tahammül edemezken artık onları satıyor, bu isyan dolu şarkılardan para kazanıyordu. Vicdan azabı her geçen gün arttıkça, kendisini sabıkalı diye işe almayanlara beddua ediyor, bir iş bulsaydım bu hallere düşmeyecektim, diyordu.

Bazen kendisini tanıyanlara rastlıyor, onları görmemezlikten gelip, konuşmak istemiyordu. Bu arada kocasının batakhanesi devam ediyordu. Ne ki, kocasının metresleri adamın elinden parayı alıyor, ona beş kuruş bırakmıyorlardı. Bazen metresini evine bile getiriyordu.

Hülya itiraz ediyor, o zaman da kocasından azar işitiyordu.

— Bana bak, onların ekmeğini yiyoruz. Onlara daha

saygılı ol, diyordu.

Hülya isyanları da olsa, kasetleri satmak daha iyi diye düşünüyor, çalışmaya devam ediyordu.

Fakat onu bela burdada bulmuştu.

Senetle alınan kasetlerin senet günü geldiğinde Hülya parayı üvey oğluna veriyor, borcun bittiğini sanıyordu. Fakat o paraları kumara veriyor, Hülya'ya söylemiyorlardı.

Hiç bir şeyden haberi olmayan Hülya çalışmaya devam ediyordu.

Bazılarından da iğrenç teklifler alıyor, kimselere bir şey söyliyemiyordu.

İnsanların çirkin yüzünü gördükçe hep aynı şeyi soruyordu. Devlet insanlarını nasıl yetiştirdiğine hiç bakmıyor mu? Araştırıp sormuyor mu?

Bir gün umulmadık birşey olmuştu. Ağabeyi Turgay Hülya'nın yanına gelmişti. Sokakta karşılaşan iki kardeş hem ağlaşmışlar, hem de birbirlerine sarılmışlardı. Bunu gören Ali bey iyice kafayı çekip eve gelmişti. Hülya evde yanlızdı. Ağabeyiyle biraz konuştuktan sonra ağabeyi gitmişti.

Kocası içeri girer girmez gözlerini açmış soruyordu.

— Hani senin kimin kimsen yoktu? Hani sen namuslu bir kadındın? Bana ha? Kimdi ulan o adam? Metresini kapıma mı getirdin?

— O benim abimdi.

— Yalancı kahpe. Ben buna inanır mıyım?

Hülya'yı evire çevire dövüyor. Öylesine acımadan vuruyorduki; Hülya, ölümüne dayak atan kocasının durumundan iyice korkuyordu.

Can havliyle kocasının üstüne atılmış onu dolaba çarpmıştı. Adamın kalp hastalığı mı var?" diye düşündü. Adam dolabın önüne yığılmıştı.

Hülya canhıraş biçimde evden koşarcasına uzaklaştı.

Caddelerde bir müddet kararsız dolaştı. Kendi kendine mırıldanıyordu;

— Ya öldüyse. İşte o zaman yandım. Kimse bana inanmaz, hayatım tamaman söner, diyordu.

Bu arada yine düşünüyordu.

— Acaba genç yaşında benim kadar çile çeken var mıdır? Benim hayatım gibi bir film çevrilmiş midir?

Hem ağlıyor, hem koşuyordu. Bu arada babasından haber gelip gelmediğini de araştırıyor, bir umut bekliyordu.

Yine sokaktaydı. Nereye gitseydi acaba, tevafuken, bir tanıdığı olan Oya Alpatin'in kaynanasına gitmeyi düşündü. Onları bulduğunda perişandı. İki ay kalmıştı onlarda. Sonra yine aracıların vasıtasıyla kocasına dönmüştü. Hamileydi. El kapısına sığması mümkün değildi.

Yine bir gün umutla beklediği kocasının yeğeni Zekeriya Hoca gelmişti. Hüyla bir dindarın evlerine gelişinden çok umutlanmış, "beni bu bataklıktan ancak onlar kurtarır" diye sevinmişti. Onlar da hiç ilgilenmemişler, Hülya'nın umutları boşa çıkmıştı. Kocası iyice azıtmış, artık Hülya'ya hiç bakmıyordu. Hülya aç kalmaya başlamış, kocasına söyledikçe, "git kendin para kazan" sözünü duymuştu.

Ertesi gün Hülya Ebru'ya gitti. Ebru hepten beter olmuştu. Aç kalmış, para için kendisini sattığını söylerken hıçkırıklarla ağlıyordu.

— Sorma Hülya. Herşey iki ay içinde oldu. Resmen aç kaldım. Çocuğuma yemek parası vermez oldu adam.

Hülya dehşetle dinliyordu.

— Ne? Sen şimdi fahişeliğe mi başladın?

— Evet! Başlamadım başlatıldım.

— Peki, kocanın haberi var mı?

— Erkekliğine toz kondurmamak için yok görünüyor ama anlıyor bence. Bu para nerden geliyor diye düşünmez mi?

— Nasıl oldu anlat. Bir gün isim değiştirerek bunları romanımda yazdıracağım. Bütün okuyucular, insanlığın bittiğini, bu düzenin tamamen çürüdüğünü anlasın istiyorum. Yardıma muhtaç duruma düşmemeli kadınlar. Düşmüşse ondan istifadeye kalkışılmamalı. İnsanlık bu değil.

Anlatsana bu hataya nasıl düştün?

— Bahçelievler tarafından bir belediye yardım ediyor dediler, gittim.

Cezaevinden çıktığımı, çok perişan durumda olduğumu, bana yardım etmelerini söyledim "olmaz" dediler. "Biz, sadece kendi bölgemize yardımcı oluruz."

— Ne olur yapmayın. Bir çocuğum var, kötü, çok kötü durumdayım.

"Yardımcı olamayız" dediler.

Perişan bir halde ordan çıktım. Orda görev yapan sakallı birisi arkamdan geldi. "Sen şu yoldan yürü, ben minibüsle arkandan geleceğim," dedi ve erzak minübüsüyle geldi. Bana bir teneke yağ, sabun, makarna gibi yiyecekler verdi.

Sonra partisinden bahsetti. Dürüst, namuslu bir parti ismi verdi. Ama kendisi namussuzdu, parti ona ne yapabilirdi ki? Önce sevinmiştim. Karşılıksız iyilik yapıyorlar, dedim. Dindardı sevincim burdan geliyordu.

Epey konuştuk. Bir taraftan eve doğru geliyoruz. Hayatım boyu unutamıyacağım, bende şok etki yapan sözler söyledi.

— Karımla yatamıyorum. Ayda bir buluşursak ben senin kumanyanı temin ederim, dedi.

Buz gibi oldum. Çaresizlik beni bu duruma itti. O, o..... çocuğuyla ilk zinamı yapmış oldum. Sonra başkaları girdi devreye. Dindarı-dinsizi, yaşlısı-genci. Öyle yaşlılar gördüm ki, iğrendim, tükürüp yüzlerine geri döndüm. Bunların içinde hacca gitmişler bile vardı. Aklım durdu. Hacca giden bir adam nasıl bunları yapar?

— Peygamberimiz (s.a.v.) buyurmuşlar ki;

"Öyle zaman gelecek ki; namaz kılanların çoğunun namazı kabul olmayacak, gittikleri hacılıkları sayılmayacak."

Böyle şerefsizler için demiş olsa gerek. Dinlerini, imanlarını uçkurlarına değişiyorlar. Bu tür dindar görünen p.....leri yazmak, anlatmak lazım. İnsanlar her dindar görünene inanmamalı. Körü körüne inanıp sonra o dindar yüzünden İslâm'dan soğuyorlar. Sana İslâm, "ona inan" diyor mu? Hayır. O halde İslâm'ın ne suçu var?

— Haklısın Hülya. Gerçekten insanlık alemi iğrenç

olmuş. Acaba karşılıksız iyilik yapanlar var mıdır?

Hülya, iyilik gördüğü, devamlı kendisine yardımcı olan bir müslümanı hatırladı;

— Tabii var. Olmasaydı, dünya batardı her halde.

Hülya derdine derman ararken daha çok yara almıştı. Umutsuz, perişan ve bedbaht bir şekilde evine dönmüştü.

Yine aç kalmış, bir yudum temiz yiyecek arıyordu. Haram parayı yememeye karar vermişti.

•••

Aradan yıllar geçmişti. Yine bir gece, Hülya'nın kocası eve çok sevimli bir Rus kızı getirmişti.

Hülya bu genç kızın durumuna çok üzülmüş, onu bu yoldan çevirmeyi kafasına koymuştu.

Önce neden Rusya'dan geldiğini sordu;

— Ben geldi ticaret için. Sonra düştü bu kötü yola.

— Rusya zengin bir ülke değil mi? Neden Nataşası bu kadar çok?

— Nataşa demek değil kötü kadın. Nataşa Rusça kadın demektir. Burda kullaniler onu yalaniş. Rusya'da var ekenomik kriz.

Hülya sinirlenmişti.

— Evet Rusya'da var, burda yok canım. Asıl kriz burda var, burda. Bir lokma yemek veren karşılık istiyor insandan.

Bu konuşmalar sürerken, Hülya bu dünyanın nasıl düzeleceğini soruyor, güzel bir dünya hayal ediyordu. Bu Rus kızı da elinden tutulmayı bekliyordu.

Rus kızını bir adam alıyor, gece onu Ali beyin hem meyhane, hem başka hane olan yerinde çalıştırıyor, sabaha karşı Hülya'nın yanına getiriyordu.

Hülya bu kızı kurtarmayı düşünüyordu. Ama artık iyice bunalıma girmiş şokların son noktasına gelmişti.

Rus kızının geldiği devrelerde, Hülya'nın oğlu Agah dört-beş yaşlarına girmişti. Agah çok zeki bir çocuktu. İkide bir "anne-başkaları her şey yiyor, biz neden yiyemiyoruz?" diye soruyordu.

Hülya, bildiği vakıflara, derneklere müracaat ettiği halde, kimseler ona yardımcı olmuyordu.

Çocuğun sünneti olacaktı para yoktu. Kendisinin ilaç alması gerekiyordu ama yine para yoktu. Kışın soğukta oturuyorlar, ana oğul titriyorlardı. İnanması güçtü ama Hülya karnını doyuracak para bulamıyordu.

Bir ara otelde bile çalışmış, temizlik yapmıştı. Devamlı, "Allah'ım, canımı al bana haram para yedirme" diyordu. Fakat düzen ona hep haram yemeye zorluyordu.

Soğuk, kar fırtına bastırıyordu. Hem açlık, hem soğuk hayatı iyice çekilmez hale getirmişti. "Bir kapı aç Allah'ım. Bir kapı" diye inliyordu Hülya.

Agah'ın ağladığını duydu.

— Anne yemek. Karnım aç, anne ne olur yemek yiyelim.

Kocası sarhoş, odasında yatıyordu.

Bir çırpıda sokağa attı Hülya kendisini. Tanıdığı, dindar görünen bir adam vardı. Yaşlı başlı ağzından Allah'ı bırakmayan biriydi. Ona gidecekti. Çok geçmeden onun yanındaydı.

— Ne olur amca, bana yardım et. Dün öğleden beri çocuğum aç. Yemin ederim aç. Harama da razıyım kocam hiç kendinde değil. Meyhaneden kazandığını da getirmez oldu. Ne olur yardım edin.

Gözyaşları her zamankinden daha yakıcı akıyordu. Çünkü şimdi çocuğu vardı, acısı çift kişilikti.

Umutla adamın gözlerine baktı;

— Biraz çabuk olun, çocuğum açlıktan ölecek.

Adam düşünceli düşünceli bakıyordu Hülya'ya.

— Bak kızım. Her zaman karşılıksız yardım olmaz. Allah'ın hakkı üçtür. Ben sana üçkez yardım ettim. P.... kocanın karısı fazla namuslu kalamaz. İnat etmez bir kere benimle bir saat zaman geçirirsen sana hemen bu gün yüz markı basarım.

Hülya dehşete düşmüştü.

— Allah belanı versin deyip, adamın yüzüne tükürmüş, ağlayarak yavrusuna koşuyordu. Adam arkasından seslenmeyi ihmal etmemişti.

— Pişman olursan hemen geri dönebilirsin.

Hülya göz yaşlarıyla tekrar evine döndü. Agah ağlayarak yalvarıyordu;

— Ekmek, sade ekmek ver anneciğim. Çok acıktım.

İnanılmaz bir şeydi bu. Hülya bir ekmek dahi bulamıyacak durumdaydı. Üst kattaki Nurhayat'ta olmasaydı belki Agah açlıktan ölecekti.

Yine bir vakfa gitmişti. Adı çok duyulan vakfa. Onlarda her gelen Hülya'nın sözlerini söylediği için inanmıyorlar;

— Bize müracaat eden çok. Yetişemiyoruz, diyorlardı.

Şimdi ne yapsaydı Hülya?

İyice dengesi bozulmuştu. Şuursuzca kendisine yüz mark teklif eden adamın teklifine evet demeyi düşünüp, onun sokağına doğru yürümüştü. Bir taraftan Allah'a müracaatta bulunuyordu.

— Ben bu kadar çile çektim. Allah'ım! Beni bu soysuzların eline mi bırakacaksın? İşte gidiyorum. Sen istersen bana bir sebep halk edersin. Sen istersen herşey yaparsın. Ne olur çare Ya Rabbi!

Sokakta kar yer yer erimiş, suları Hülya'nın ayakkabısından giriyordu.

Birden ikindi ezenaylı irkildi;

— Allah-u Ekber Allah-u Ekber!

Eşhedü ellailahe illallah

Eşhedü ellailahe illallah

Eşhedü enne Muhammeder Rasûlüllah

....

Kulağında kalan ses "hayyalel felah, hayyalel felah" ibareleriydi.

Hülya birden bire kendi kendine feryat etti.

— Aman Allah'ım! Ben nereye gidiyorum.

Daha iki hafta önce haram yememek için yemin ve tevbe etmişti.

Birden cezaevinden çoktan çıkmış olan Emine ablasını hatırladı. Hemen bir taksi tutup Fatih'e geldi. Taksi parasını ablasından alıp verecekti. Öyle de yaptı.

Ablası tevafuken dergideydi. Ona durumunu anlattı. Ablası da madden sıkıntı içindeydi ama bulup buluşturup ona bir çanta dolusu yiyecek almış, evine yollamıştı. Arkasından üç ton kömür yollayacağını da ilave etmişti.

Hülya sevinçle evine dönmüş, daha evine girmeden Agah'ın pencereden bakmakta olduğunu farketmişti.

Agah annesinin elindeki yiyecekleri görünce ikinci kattan bağırıyordu;

— Yaşasın. Anne, artık bizim çok yiyeceğimiz var değil mi? diye bağırıyordu. Çocuk annesi içeri girmeden, üst kattaki kadına koşmuştu.

— Anne anne! Bizim artık çok yiyeceğimiz var.

Tekrar eve gelmişti. O zamana kadar Hülya da gelmiş yiyecekleri açıyordu.

Agah yoğurdu görünce çığlık atmıştı.

— Anne! Yoğurdumuz da var. Bak makarnamız da var. Sütümüz de.

Ne varsa sayıyordu. Agah saydıkça Hülya gözyaşlarını tutamıyordu.

Bir güzel yemek hazırlamıştı Hülya. Çocuk yirmi saatten fazla aç kaldıktan sonra doymuş sonra da kendisi için alınan çikolatasının gıdım gıdım yemişti.

Artık ablasına güveniyordu. O nasıl olsa bir yolunu bulur onu aç bırakmazdı. Böyle hayal ediyordu. Öte yandan kocasının "başının çaresine bak" deyişini de unutmuyordu.

Hülya, Bu ne demek? Benim sabıkalı olduğumdan dolayı iş bulamadığımı biliyor. Bu adam bana ne demek istiyor?" diye düşünüyordu.

Yine bir gece telaşla kapı çalınmış, Hülya da korkuyla kapıyı açmıştı.

Kapıda 14 yaşlarında genç kız vardı. Utangaç tavırlarıyla içeri girdi. Kocası açıklama yapıyordu;

— Polis bastı. Bunu kaçırdık. Kaçırmasaydık başımıza bela olurdu.

Hülya isyan ediyordu;

— Yeter artık yeter. Ben zina parası yemek istemiyorum. Allah'ım! Beni bu parayı yemekten kurtar Allah'ım! Ne olur dayanamıyorum.

Hülya kızı alıp kendi odasına götürdü. Ona acımıştı.

— Kardeşim senin yaşın, başın ne? Bu yollarda ne işin var?

— ......

— Cevap ver, ben sana düşman değilim. Dostluk yapmak istiyorum.

Genç kız uzandığı yerden anlatmaya başladı.

— Üvey annem çok kötüydü. Benim üvey annem ruh hastasıydı. Babama kızınca ondan gizli gizli beni döver, hırsını benden çıkarırdı.

Birgün sandığına elimi sürmediğim halde, "sen benim sandığımı niye karıştırdın?" diye, etlerimi kopara kopara dövdü beni. Dayanamayıp kaçtım. Bir arkadaşımın vasıtasıyla buraya düştüm.

Hülya bu kızı ikna edip tekrar evine yollamış, babasına herşeyi anlatmasını öğütlemişti. Yol parasını da kendisi vermiş, daha sonra "kızı ne yaptın?" diye kocasından dayak yemişti.

Hülya iyice emin olmuştu artık. Yediği para zina parasıydı. Zaten onu da getirmez olmuştu ama getirse de haram para yemiyecekti.

Sonra, zorla kendisine gelen kocasına ağlayarak yalvarmaya başladı.

— Ne olur! Bana zina parası yedirme artık.

— Ne yapalım kızım? Bizim rızkımızda bu yoldanmış. Başının çaresine bak. Alınterimiz bu bizim.

Aradan dört-beş gün daha geçmişti. Yine gidip derdini Emine ablasına anlatacaktı. Hemen Mektup dergisine gitmişti. Fakat ablası onu çok soğuk karşılamıştı. Üzgün ve bedbahtı. Hiç maddi yardım yapamıyacağını söylüyordu. Biraz önce kendilerine icra geldiğini anlatıyordu.

Ablasından umduğunu bulamayan Hülya'nın bu sefer dünyası tam olarak yıkılmıştı. Sormadan edemedi;

— Nasıl oldu bu icra işi abla?

— Sorma Hülyam. Bir inanmışlığın hatasına düştük. Seni böyle çaresiz bırakır mıydım? Ama hiç imkanımız yok. Fakat başka bir çare bulmalıyız.

Sonra ablasının aklına gelmişti. Dergiye ilan verip yardım isteyecekti. İstedi de. Bu defa para Hülya TEKEL adına gelmiş. Nüfus kağıdında Gülsen olan isminden dolayı gelen parayı da alamamıştı. Herşey aksi gidiyordu. Ama ablasının aklı hep Hülya'sında ve öteki Hülya'lardaydı. Hülya'ya bir kaç gün yetecek kadar para vermişti. Aradan bir kaç gün geçtikten sonra hiç ummadığı bir zamanda ablasını karşısında buldu. Bu defa sevincinden ağlıyordu. Ablası evlerine gelmişti ama bir bardak çayını bile içmiyordu Hülya'nın.

— Abla bir bardak, lütfen bir bardak iç.

— İçemem Hülya'm içemem. Bu haram para, nasıl içerim?

— Peki abla, kendin içmiyorsun, bana nasıl içiriyorsun? Ben de içmek istemiyorum. Vicdanım çok rahatsız oluyor. Beni neden düşün müyorsun?

— Düşünmez miyim Hülya'm? Düşünüyorum. Mutlaka bir çare bulmalıyız ama nasıl?

Aylar hızla geçiyordu.

Ablası elinden geldiğince yardım ediyordu ama Hülya yine tam olarak sıkıntıdan kurtulamamıştı. Her ay en az beşyüz marklık ilacı vardı. Mektup dergisi okuyucularının Mektup ile Çevre koruma Derneğine gönderdiği paralar sayesinde Hülya ilaçlarını alıyor ama ilaçlar yüzünden kendisi yine sıkıntıdan kurtulamıyordu.

Böylece ilkbahara gelmişlerdi.

Ablasına her sıkıntısını söyleyemiyordu. Onun nasıl borçlu olduğunu biliyordu. Ama ondan bu işe bir çare bulmasını istiyordu.

Birden ablasının aklına geldi,

— Hülya!

— Efendim abla.

— Hani bizim Selami Çalışkan var ya. Hatırladın mı?

— Hiç unuturmuyum abla? Evet.

— Gel ona söyleyelim, senin durumunu haber yapsın.

— Olur mu abla? Ayıp olmaz mı? Yüzverdik astar istiyorlar demezler mi?

— Demezler, biz sebeplere sarılalım. Gerisi Allah kerim.

Selami Çalışkan'a haber verilmiş, o da söz vermişti.

Bu arada Hülya "Hocam" dediği ablasıyla konuşuyorlardı.

— Hülya gel otur gülüm. Seninle biraz konuşalım. Bu gün sana iki saatimi ayırdım. Nasılsın Hülya? Biraz rahat ettin mi?

— Çok şükür abla. Sıcak bir çorba yiyorum.

— Hastalığın ne âlemde?

— Kanım değişmeliymiş. Ameliyat olacakmışım. Bunları boş ver abla. Ben sana çok dargınım. Beni yıllardır neden aramadın?

Hülya'nın gözyaşları dinmiyordu;

— Hülya'n neler çekti biliyor musun? Öldü öldü dirildi.

Ablası mahcuptu;

— Ne yapayım Hülya? Başımdaki Hülya'lar okadar çok ki. Ayrıca dört-beş yıldır benim çektiklerim de farklı birer roman olur Hülya. Fakat şunu bilki, açıldığını duyduğum zaman çok üzüldüm. Ama "o bir gün döner dolaşır yine kendi ruhundaki yere gelir" dedim. Nasılsın bakalım? Dünyan ne alemde? Tekrar kapanmayı, namaz kılmayı, kısacası Allah'a dönmeyi düşünüyor musun?

Hülya derin bir nefes aldı.

— Düşünmez miyim, Allah her zaman aklımda. Ama ona dönecek yüzüm yok ki? O kadar günah işledim ki beni Allah affeder mi abla? Günah çamurunda battım.

— Asıl büyük günah, seni o çamura itenler de. Sahi sen neden Asiye'nin yanından apar-topar kaçtın?

Hülya fitneci hanımın sözlerini anlattı.

— Etkilendim, ona inandım abla. Sizi o kadar kötüledi ki anlatamam. Akıl almaz iftiralar atıyor herkese.

— Hepimiz fasıklara aldanıyoruz. Hatta Sahabilerin içinde bile fasıklara aldananlar vardı. Sen o fasık kadının sözlerine aldanmasaydın belki bunlar başına gelmeyecekti. Yani, o kıskanç kadının sözlerine inanmasaydın bu günahlara girmeyecektin.

Karşılıklı oturuyorlardı. Hülya çok mahcuptu.

Ablası konudan konuya geçiyordu;

— Bana, açıldığın zamanki duygunu anlat Hülya. O kadar ihlasla İslâm'a döndükten sonra, tekrar açılmak nasıl bir duygu?

— Sorma ablam ne olur sorma. Diri diri yanmak buna denirmiş anladım. Dilime bile almak istemiyorum.

— Peki canım ben öğrenmek istemiştim. İstemiyorsan sormam.

— Hayır hayır anlatayım abla. Hiç olmaz bir kısmını. Herşeyden önce şunu öğrendim, hemen açılmıyor insan. Senin de dediğin gibi önce iman eskiyor. İmanı yenileyecek ortamın yoksa yavaş yavaş kopuyorsun. Bir de müslümanlardan ilgi göremezsen, imanda eskimişya hemen içine soğukluk geliyor. Çevre abla, çevre. Ama şunu bil ki, ben temiz bir yerde olsaydım açılmazdım. Öyle zorki anlatamam. Devamlı içimde üzüntü vardı.

— Zaten seni o üzüntü kurtardı. Üzüntünde gitseydi, yani açıldığın için bir üzüntü duymasaydın bir daha zor düzelirdin. Günah işlerken çekilen üzüntü Allah ile bağların kopmadığına delildir.

— Üzülmez miyim abla? O manevi feyizle kapandığım secdeler bile gözümde tüter oldu. Ama ne yapayım ki, evimdeki eşyadan üstümdeki giysiye kadar her şey haram parayla alınma. İnan bana çok çok zor. Her gün Allah'a dönmeyi düşünüyorum. Fakat bu gün kararımı kesin olarak verdim. Mademki Allah her günahı affeder. Hemen bu gece namaza başlıyacağım. İnşaallah artık bırakmam abla. Çok büyük acılar yaşadım. Her ezan sesinde titriyordum. Nasıl olsa artık sen varsın abla. Elbet bana bir kuru soğanla bir ekmek bulursun. Gerisi hiç önemli değil.

— Yalnız seninle olmaz bu iş. Kocana İslâm'ı tebliğ et. Batağı yerinden kurtaralım.

— Aman abla, onun rabbiyesiri silinmiş. O dönüş yapmaz.

— Onu sen anlayamazsın. Kalbini Allah'a kapatmamış her insana tebliğ etki eder. Yeter ki sen bilinçli ol. Yılma.

— Gerçekten etkili olabilir mi?

— Allah bilir. Sen görevini yap. Bir kişiyi İslâm'a döndürürsen kârın olur. Geçmişi bırak, sen bundan sonraki hayatına bak. Sen zaten ancak İslâm'la huzurlu kalbe sahip olabilirsin. Çünkü sen İslâm sevgisini ruhuna işlemiştin. Kitaplar oku, her namazdan sonra zikrini yap.

Dua etmeyi unutma. Bu konuda ayet-i kerime var. Namazdan sonra Allah'a tesbih etmemiz isteniyor.

— Yeniden kendime gelmeye başladım abla. İnan ki bu geceden tezi yok, hemen başlıyacağım.

— Çok iyi edersin canım. Sana yakışanda budur.

HER GECENİN ARDINDA BİR DE GÜNDÜZ VAR

Hülya savaşa hazır asker gibi hissediyordu kendisini. İlk işi kocasını bu yoldan çevirmeye çalışacaktı.

Kocasının uyanmasını bekliyordu. Bu arada Rus kızı da ortalıklarda görünmüyordu. Hülya kahvaltıyı hazırladı. Kocasını bekliyordu. Dünyaya yeni gelmiş gibiydi Hülya. Bütün kıyafetleri yeniden alınmış, Hülya artık haram yememenin sevincini yaşıyordu.

Kocası da fark ediyordu Hülya'nın değiştiğini. Kahvaltıya oturduklarında, Hülya konuya girdi.

— Ben artık kapanıyorum. Namazımı da geçirmeyeceğim.

Kocası çayını içerken cevap verdi;

— İstersen kapan... Namaz da kıl.. Ama sakın bana karışma.

— Neden? Hayırlı bir yola seni davet etmem suç mu? Bak yaşın epeyce ilerliyor. Ölmeden önce Allah'a dönmek gerekmiyor mu? Ben Allah'tan uzak yaşadığım yıllarımda kahroldum. Şimdi yeniden huzur dolu ruha sahip oldum. Senin de aynı huzuru duymanı isterim.

Hülya her geçen gün eski mücadeleci halini alıyor, her fırsatta kocasının kafasına soru takıyordu.

— Milletin evlatlarını zehirliyorsunuz, Allah içki içmeyin diyor, sen "Allah'ı dinlemeyin beni dinleyin, alın için de, ben para kazanayım" der gibi içki ve kadın ikram ediyorsun. Senin de evlatların var. Birisini meyhaneci yaptın, şimdi sıra Agah'ta. Benim yavrumu oralara düşürürsen, seni asla yaşatmam. Bu fikrim yeni değil, çocuk doğduğu günden beri bunu düşünüyorum.

Ali bey karısını sadece dinliyordu. Arada bir kızsada onun konuşmalarına karışmıyordu.

Hülya artık çok mutluydu. Allah'a dönmek onu kuş gibi hafifletmişti. Her fırsatta islami bir şeyler konuşuyordu. Bunu fark edip "sen eskiden bu kadar dinden bahsetmiyordun" diyenlere cevabını hüzünlü veriyordu.

"— Kendim bile bile günah içindeyken yüzüm yoktu. İçim kan ağlıyordu ama konuşamıyordum. Şimdi her şeye tevbe ettim. Tevbe edenler güçlü olurlarmış, ben de kendimi öyle güçlü hissediyorum. Çok sevdiğim biri; "Her hangi bir günahına tevbe eden, manen kuvvet bulur" diyordu.

Artık dünyaya meydan okuyordu Hülya. Allah'a dönmüştü, aç kalsa da gam değildi.

Hülya'nın Asmalı mescitteki komşuları da Hülya'nın değiştiğini fark ediyorlar ve bu değişimden çoğu memnundu.

Hülya'nın bu hızıyla aradan aylar geçti. Hülya namaz

kılarken kocası ona bakıyor ama küçük bir hata yapsa, "namaz kılıyorsun ama bunu yaptın" gibi sitemlerde bulunuyor, Hülya'yı her fırsatta eleştiriyordu. Yer yer kızıyor, çok sarhoş olduğu zamanda başörtüsünü yırtıyordu. Evde ne aksaklık görse, hemen namazına, örtüsüne mal ediyor, hakaretlerini öyle sürdürüyordu.

Çekilmez olmuştu adam. Vuruyor, kırıyor, eskiye oranla Hülya'ya daha çok saldırıyor, fakat Hülya artık eskisi gibi yıkılmıyordu. O her fırsatta birşeyler anlatıyordu.

Ali beyin her geçen gün daha çekilmez olması Hülya'yı şaşırtıyordu. Önceden hiç birşey söylememiş, şimdi ise hakaret ediyordu.

Her şeye rağmen Hülya artık namazlarını hiç aksatmıyordu. Bu arada Emine ablası onu anne ve babasıyla tanıştırdı.Hülya şimdi devamlı Emine ablasının Fatma Annesiyle, Mehmet babasının yanına gidiyor, onlara anne-baba diye hitap ediyordu. Hastalığı devam etse de, artık eskisi gibi düşünmüyor, "inanıyorum ki Allah bana yardım edecek" diyordu.

Fatma annesi onu kızlarından hiç ayırmıyor onu bir gün görmese hemen telefon açıp çağırıyordu. Hülya mutluydu. Bir anne bulmuştu. Bütün derdini ona anlatıyordu.

Bir akşam kocasıyla oturuyordu Hülya.

Aklına gelen bir konuyu sormuştu;

— Sana birşey soracağım. Benim neden kasetci dükkanında çalışmayı kabul ettiğimi biliyor musun?

— Hayır bilmiyorum.

— Haram para yememek için. O paradan iğreniyordum, sonrada tamamen nefret ettim.

Adam bu sözden ürpermişti. "Mademki tiksinecek bir para, ben neden tiksin miyeyim?" diye geçirdi içinden. İlk defa karısının ne kadar mücadeleci, temiz biri olduğunu fark etmişti.

Hülya iradeyle namazına devam ettikçe, kocası ona hayran hayran bakıyor ama görüşlerini belirtmiyordu.

Hülya sordu;

— Senin yeğenin Zekeriya senin daha önce hafız olduğunu söyledi, inanamadım. Nasıl olur da bir hafız, bir müezzin sonra pavyon açar, meyhane açar? Senden rica etsem bana anlatır mısın? Neden ailen dindar, sen böyle dine aykırı bir insansın?

Ellerini oğuşturan Ali bey Hülya'ya baktı.

— Neden bunları soruyorsun?

— Sorarım. Merak ediyorum.

Ali beyin iyi zamanını yakalamıştı Hülya. Adam içini çekerek konuşmaya devam etti:

— Sorma hanım. Yüreğimde yara açma. Aslında ben de senin gibi düzen kurbanı sayılırım. Düştük bir daha çıkamadık.

Ben kur anın her tarafını ezber bilirdim. Sabah namazında uyanır, benden önce kimse gelip sıramı almasın diye herkesten önce ezan okumaya koşardım. Yağmur, yaz, kış dinlemezdim.

Köyde bir bakkalım vardı.

Amcamın Atatürk'e küfrettiği konusunda bir söylenti

çıktı. Amcam mahkemeye verildi. Bir adam şahitlik yaptı. Ben de onun evini yaktım. Jandarmalar gelip beni götürdüler, hapsettiler... Yattım cezam bitince çıktım.

Aradan ne kadar zaman geçti bilmiyorum, çok acilen bir telefon açmamız gerekti.

Telefondan sorumlu postacıydı. Gittim ona rica ettim. Bir telefon açmalıyım, çok mühim dedim. "Açamam işim var" dedi. Biraz dolaştım tekrar yanına gittim. Baktım oturmuş kahve içiyorlar. Bana da kahve koydular. Ben hemen kalktım, gittim birilerine sordum, dedim ki; "postacı tatilde postahaneyi açarsa ceza alır mı?" "Almaz" dediler

Postacının bir motoru vardı. Her zaman dükkanıma kilitlerdim. Koca motoru kaldır indir kolay değildi. Ama insanlık, dedim. Ben onun isteklerini yerine getiriyordum da, o neden böyle yapıyordu? Çok kahrıma gitti. Dayanamadım silahı çektim. Tabi gene cezaevine gideceğim. İstanbul'a kaçtım.

Bu işten öncede bir seccade olayı var. İki arkadaş geldiler bana, "Annelerimiz bize birer seccade verdi. Biz de askere gideceğiz. Bunları bize satar mısın?" dediler. Ben bir gömlek daha hatırı sayılır insandım. Babamın hali vakti yerindeydi. Hatır için satmıştım.

Meğer o seccadeler Konya'dan çalınma imiş. Beni götürdüler, vur Allah vur, üç gün üç gece işkence çektirdiler. "Ben burda yoktum, o tarihte Antep'teydim" dedimse de beni dinlemediler. Son anda birisi "belki doğrudur soralım" dedi. Sordular, ben doğru söylemişim. O zaman da sen o iki arkadaşını tezgahladın, onlar çaldı sen sattın" dediler.

Sonra baktım olmuyor "Ben çaldım. Tamam kabul ediyorum" dedim. Bu defa da "Hem Antep'te, hem Konya'da nasıl olabilirsin?" dediler. Yine dövdüler ama ben hep ben çaldım dedim. İkinci kez de cezaevine böyle girdim.

Ceza evini bilirsin, hırsızın yanına düşen istemese de hırsızlığı öğrenir. Bu arada bizim kur'an muran kalmadı tabi. Burdan çıktıktan sonra postacıya silah çekmem sonum oldu. Liseyi bitirmeden cezaevlerine düşen ben, şimdi İstanbul'un karanlık sokaklarındaydım.

Akrabam vardı. Onun yanına gelmiştim. O da meyhane işletiyordu. İş yok güç yok. Üstelik kaçağım. Başladım orda çalışmaya. Haramda çalışan, ya da haramla iç içe yaşayan haramı normal görmeye başlar. Ben de öyle oldum. Ondan sonra yetmiş vilayette hapis yattım. Her türlü suçtan içeri girdim.

Gerisini sorma hanım, biliyorsun.

Hülya kocasının karanlık alemde gördüklerinden ibret alıp almadığını öğrenmek için sordu;

— Peki o alemde seni çok etkileyen bir hatıran var mı?

— Hemde ne kadar çok.

— Birini anlatır mısın?

— Benim yerde konsomatrislik yapan bir kadın vardı.

Bir gün bir adam geldi. "Bu benim hanımım" dedi. "Hanımınsa al git" dedim. Kadın ısrarla "Ben onunla gitmem. Daha öncede böyle yapmıştı ama her seferinde beni sattı" dedi. Bu çok tuhafıma gitmişti. Sonra adama dedim

"Bak gitmiyor aslanım, zorla olmaz bu iş." Adam; "Öyleyse bana para ver" dedi. O zamanın parasıyla yüklü bir para verdim. Sonra yine geldi bu. Dedim "aslanım, ben adama her zaman para vermem." Beni tehdit etti. Birbirimize silah çektik... Neler, neler.

Bir günde bir genç geldi, hem karısını, hem de kız kardeşini bana sattı. Onu da unutamıyorum. İnsan bacısını, karısını nasıl satar.

Hülya taşı gediğine koymuştu;

— Başkasını satan gün gelir, biraz daha sıkışsa karısını da satar. Ne fark eder ki, vicdan başkası için çalışmıyorsa, gün gelir karısı, kızı içinde çalışmaz hale gelir. Boşuna dememişler, "Kork Allah'tan korkmayandan" diye.

Hülya kocasının anlattığı her şeyden şok oluyordu.

— Demek sen kur'an okumasını da biliyorsun ha?

— Şimdi unuttum mu bilmiyorum. Bir zamanlar su gibi ezber bilirdim.

Hülya derin derin düşünmüştü.

— İslami ilimlerden uzak olmaya gör, müslümanlardan bağını koparmaya gör, demekki sabun köpüğü gibi eriyor insan.

Aklıma bir şiir geldi çok beğenip ezberlemiştim, sana da okuyayım mı?

— Oku bakalım, dinliyelim.

- ÇAĞRI

İnsan bazen yıldırım bazen köpüktür.
Bazen bilgisayar bazen kütüktür.

Bakamazsa kendine kalp gözü ile
O insan mutlak ruhundan çöküktür.

Selvi ağacı gibi insanlarda var.
Balta vurulsada mı yıkılmaz dağlar?
Yaban aşısı yok edilmezse eğer
Çağlar boyu bu millet kendine ağlar.

Ey insan! Yine insan, kendine gel.
Bir gün sana da uğrar görünmez ecel
Versende kendini karanlık geceye
Sanma seni bulamaz, emanetci el! (E.Ş)

Hülya, bir insanın nasıl düzeleceğini, nasıl bozulacağını çok iyi biliyordu artik.

Oğlunu bozulacağı ortamdan uzak tutmak için hayaller kuruyordu ama hiç bir imkan yoktu. Kararlıydı, oğlunu babasının izinden yürütmeyecekti. Tekrar Allah'a dönmesi Hülya'yı kararlı, kendinden emin yapmıştı. Hastalığı aman vermese de Hülya ölünceye kadar elinden gelen son imkanı da kullanacaktı.

Oğlu Agah'a işliyordu Hülya. Fakat Agah kendisinden umulmayan konuşmalar yapıyordu; Bir gün sordu;

— Baba!

— Efendim oğlum.

— Sen Allah'ı sevmiyor musun?

— Oğlum o ne biçim söz, sevmez miyim?

— Öyleyse neden namaz kılmıyorsun, içki içiyorsun?

Cevap veremiyordu Ali bey.

Yine birgün Hülya oğluyla beraber Fatih'e gidecekti. Hep beraber evden çıkmışlardı. Hülya oğlunun birden yok olduğunu gördü. Hemen sağına soluna bakındığında babasıyla beraber gittiklerini fark etti. Oğlunu almak için onların arkasından giden Hülya kocasını meyhaneyi açarken yakaladı. Adam anahtarı çevirirken yüksek sesle;

— Bismillahirrahmanirrahim, dedi.

Hülya kocasının tam arkasındaydı.

Çok öfkelenmişti. Birden bağırarak hakaret etmeye başladı.

— Vay Allah senin cezanı versin. Utanmaz adam. Birde Allah'ın adını bu iğrenç yerde mi kullanıyorsun. Sen hiç Allah'tan korkmaz veya utanmaz mısın? Üstelik oğlumu da buruya getiriyorsun. Bu ne biçim babalıktır böyle?

Adam hiç sesini çıkarmamıştı.

Hülya oğlunu alıp Fatma annesine gitmiş, olup biteni ona anlatmıştı.

— Benim adamda inanki çok değişmeler var. Aslında cahil biri değil. İnanki baya kültürlü ama şeytana aldanmış. Kimselerde onunla ilgilenmiyor. Bu müslümanlara çok kızıyorum. Neden bu kötü yoldaki insanlara islamı anlatmıyorlar, her taraf içkiden kana bulanıyor. Bu nasıl iş, hiç anlamıyorum. Mademki, şöför içip sarhoş olacak, kaza yapıp adam öldürecek. Meyhanede öyle, sokakta öyle hala daha içki yasak edilmiyor.

Bu arada Mehmet babası gelmişti.

— Hülya! Belediye seçimleri için hemen kolları sıva. En az yirmi oy beklerim senden.

— Hangi adayı destekliyecegiz?

— Nusret Bayraktar'ı.

— Nasıl bir insan o?

Türkiyede keşfedilmemiş hazine Nusret Bayraktar hakkında bilgi istiyordu Hülya.

Mehmet babası hararetli hararetli anlatıyordu;

— Bitirim insan vallahi. Şurda seçimlere az kaldı. Bu değerli insanı Beyoğlu'na getirelim.

Hülya bir militan gibi çalışmaya başlamıştı. Zaman zaman bir meyve bile yiyemiyordu, yine bazı ihtiyaçları vardı ama kimselere birşey söylemiyordu. Devamlı dua ediyordu.

— Allah'ım bana biraz daha ömür ver.

Bu duaları sık sık yaparken romanını yazacak olan ablasını sıkıştırıyordu.

— Abla ne zaman yazacaksın romanımı? Çektiklerimi, nefretlerimi yazdırmak istiyorum. Aniden ölürsem, o zulümler gizli kalacak abla. Yazık değil mi yıllarıma?

Hülya'nın ısrarıyla romanı **Ben Kimin Kurbanıyım?** yazılmaya başlanmıştı.

Hastalık, fakirlik, mutlu adımlar, umutlar artık Hülya'dan kopmaz birer parçaydılar.

Bu arada yine aylar geçiyordu.

Seçim yapılmış, Beyoğlu Belediye başkanlığına imanlı ve azimli olan Nusret Bayraktar seçilmişti.

Beyoğlu'nda bayram vardı. Hülya, benimde 20 30 oyum var diye seviniyordu.

Her zaman ellerin bahçesine doğmaz ya güneş.

Bir gün bizimde bahçemize uğrayacaktır.

Bu mutlu günleri de yaşamıştı Hülya

Kocasıyla sık sık islamdan bahsediyorlardı.

Ama yine meyhane çalışıyor, yine aynı işler devam ediyordu. Bir gün Agah yine sordu;

— Baba! Sen Allah'tan korksan meyhaneyi kapatırdın değil mi?

Beyninden vurulmuştu adam.

Artık evdeki konuşmalar islam çevresinde dönüyordu. Hülya'da, "çocuğu Allah konuşturuyor" diye düşündü.

Günler böyle geçerken, Hülya her zaman ki gibi sabah namazına kalkmıştı. Birden lavaboda birinin abdest aldığını fark etti. Gizlice yaklaşıp baktığında kocasının abdest aldığını gördü. Gözlerine inanamıyordu. İyice takip etti. Gizli gizli ağlıyordu. Sevincin göz yaşları ötekilere benzemiyordu.

Sonra namaza durmuştu Ali bey.

Selam verdikten sonra Hülya'nın kendisine baktığını fark etmişti.

Bir müddet durduktan sonra Hülya'ya dönüp, sert ses tonuyla sordu;

— Ne bakıyorsun be!

Hülya zor günler yaşamış bir anne olarak çocuğunu çok güzel eğitmek istiyordu. Fazla bilgisi olmadığı için de ne biliyorsa oğluna anlatıyordu.

Oğlu Agah'ın çok iyi müslüman olmasını istiyordu. Agah çok zeki, umulmadık laflar eden bir çocuktu. Babası da Hülya kadar hayret ediyordu oğluna.

Bir ramazan günü, iftara bir saat kala Agah'ı pide almak için Asmanlı Mescitteki Karadeniz pide salonuna gönderdi. Kendisi de Asmalı Mescit Gönül Sokaktaki 41 numaralı binanın ikinci katından oğluna bakıyordu.

Tam karşılarında bulunan İstanbul otelinin önünde içki içen adamın yanında duran Agah'ı gördü. Merak ediyordu Hülya, oğlu içki içen bu adamla ne konuşuyordu.

Birden sarhoş adam ayağa kalkıp, elindeki içki şişelerini yere çarpmaya başlamış, yüksek sesle birşeyler söylüyordu. Hülya konuşmaları duyamıyordu.

Hemen aşağıya inerek sordu.

— Burda ne oluyor? Agah neden hala gitmedin?

Agah hemen pide almaya gitti.

İnsanlar bu sarhoşun başına toplanmıştı. Yine sordu Hülya.

— Kimseler söylemiyecek mi, burda neler oluyor?

Topluluk içinden bir adam Agah'ı göstererek cevap verdi;

— Şu çocuk varya, gelip bu adama ne dese iyi, "amca daha ezan okunmadı ki, annem iftarını açmadı sende bekle amca, biraz daha bekle." demiş.

Sarhoş adam çocuğun yüzüne bakarak şaşkın bir halde şişeyi ağzına götüreceği esnada Agah yine bağırmaya başlamış;

— İçmee içme amca günah günah... İftar olmadı.

Çocuk içilenin içki olduğundan bile habersizdi ama o iftarı dert etmişti.

Sarhoş adam,

— Söyleyene değil, söyletene bak. Allah bu çocukla bana ders veriyor. Ulan ben bir daha içki içersem zehir zıkkım olsun. Bacak kadar çocuk bana haddimi bildirdi.

Bu olay Hülya'yı da eşini de ağlatmıştı.

•••

Asmalı Mescit caddesinde herkes Agah'ı tanıyor, çokta seviyorlardı.

Ama Hülya bu sokaklardan ürküyordu.

Yine birgün, annesi gece hayatında çalışan bir çocukla tanışmıştı Agah. Bu çocuk ve annesi otelde kalıyorlar, çocuk pencereden bakmaktan başka bir yere gidemiyordu. Camdan cama anlaşmışlardı Agah'la...

Agah birgün Hülya'ya sordu;

— Anne! Şu camdan bakan çocukla arkadaş olayım mı?

— Tabi ol oğlum.

— Peki anne, onu evimize çağırabilir miyim?

— Tabi çağırırsın oğlum. Sormana ne gerek var?

— Ama onun annesi kötü kadınmış.

Hülya şaşırmıştı;

— Oğlum, annesi kötü kadın olmuşsa çocuğunun ne suçu var?

— O halde neden o çocukla başka çocuklar oynamıyor?

— Onların anneleri izin vermiyorlar. Ama o anneler hata yapıyorlar, günaha giriyorlar. O çocukta oynayacak kimse bulamayınca bunalıma giriyor. Bunlar insanlık değil oğlum.

Agah çok sevinmişti. İlk işi o çocukla arkadaş olmuş, ona ilginç şeyler anlatıyordu.

— Bak Cemil, ben Allah'ımı çok seviyorum, sende sev olur mu?

Hülya oğlunun bu hallerini hayranlıkla seyrediyor, kendi kendine karar veriyordu.

— Bu çocuk benim umudum. Sen umutlarımı boşa çıkarma Allah'ım.

EY SABAH YILDIZI; SEN MİSİN?

Hülya eşinin namaza başlamasından dolayı şok sevinç yaşarken, ummadık bir haber daha geliyordu eşinden.

— Hülya. Meyhaneyi kapattım.

Hülya kulaklarına inanamıyordu.

—Doğru mu söylüyorsun? Allah aşkına şaka yapma.

— Şaka yapmıyorum Hülya. Şimdiye kadar Allah'tan dinden uzak, kendi adıma, hayvanlar gibi yaşadım. Elbet bir iş yapar size bakarım. Bana sebep oldun. Allah senden razı olsun.

Hülya kendi kendine 'hangi hayvan başkalarına içki içirir, elalemin karısını kızını peşkeş çeker.'

Bunları düşünürken sevinci ayyuka çıkmış soruyordu;

— Seni böyle ne etkiledi de sen bu kararı verdin?

— Kapıyı besmeleyle açtığım gün bana söylediklerin varya. Hiç aklımdan çıkmadı. Öteki hallerin, gayretlerin. Namazdan sonra huşu içinde duaların beni çok etkiledi.

Sana kızarken bile gayretin beni etkiliyordu.

Artık kim Hülya'nın sevincini anlayabilirdi? Bunu yaşayanlar müstesna.

KURAL

Bir gün dualar ulaşırsa Allah'a
Boşluklar bile birden kalkarlar şaha
İster kısa ömür, istersen çok yaşa
Sen burda ne ekersen onu biçersin.

Bu dünyadan amelle gider cehennem
Cennet içinde başka birşey diyemem
Allah lutfederse onu ben bilemem
Zahiren, tasa koyduğundan içersin.

Milim milim geceye doğar bu güneş
Karanlıklar olamaz aydınlıklara eş
İster bin yıl yaşa, ister yirmibeş
Kurduğun köprüden geçersin.

(E.Ş.)

Yine aylar geçmişti.

Hülya ikidebir telefon açıp ablasına romanını soruyordu. Ablası da bu ısrarın anlamını biliyordu fakat yine de sordu;

— Neden bukadar soruyorsun Hülya?

— Kanım abla, kanım her geçen gün beni ölüme yaklaştırıyor. Hiç olmaz birinci cildini okumak istiyorum.

— Allah gecinden versin Hülyam. Kimin uzun ömürlü olacağını Allah bilir.

Birkaç gün sonra yine telefon açıyordu Hülya.

— Abla müjde.

— Ne oldu Hülya? Bu telaşın ne?

— Bu gün yine Selami Çalışkan'la konuştum. Daha önce söylediğimi unutmuş. "Mutlaka bu sefer yazacağım" dedi.

— Hayırlısı olsun. İnşaallah sana yardım parası gelir.

— İnşaallah.

— Peki ilk işin ne olacak?

— Önce yıllardır yiyemediğim pirzola alacağım. Oğlum için muz. Ona ayakkabı, kendime de bazı ihtiyaçlarımı alırım. Para kalırsa kanımın değişmesi için kullanırım. Evimin ihtiyaçları var. Evimdeki eşyalar hepsi o paralarla alınmış. Elimi değdiğim zaman, elime o alemden pislik bulaşmış gibi oluyorum. Onları değiştirmek isterdim ama bu bir hayal abla. Benim ilaçlarım için yardım gelse yeter.

— Hülya şimdi sana kırıldım. Ben sana geçen gün pirzola al diye para vermedim mi?

— Verdin ama abla, eve geldim su parası gelmiş. Et alamadım. Suyu da veremedim öyle bitti.

— Hele bir çıksın şu haber. Hayırlısı Allah'tan.

— Biliyor musun abla, haber çıkacakta. Şeytan bir vesvese veriyor bana. Haberi ya çok küçük bir yerde, iç sayfada verirlerse!

— Olsun. Biz sebebe sarılalım, etkisi Allah'tandır.

Ertesi gününü iple çekiyordu Hülya. Acaba bir yardım gelir miydi? Allah ona "kulum çok çekti, artık gülsün" diyecek miydi? Hülya hep bunları düşünüyordu.

Ertesi gün ablasına heyecanla telefon açtı.

— Abla abla! Ne oldu biliyor musun? Türkiye gazetesi benim konumu birinci haber yapmış.

— Sahi mi söylüyorsun Hülya?

— Yemin ederim ki sahi söylüyorum. BİTMEYEN ÇİLE diyerek kocaman başlık atmış.

— Allah emeği geçenlerden razı olsun.

Hülya'nın sevinci ayyuka çıkıyordu.

Fakat ne yazık ki, yazarını bile kahredecek bir durum vardı. Hülya'nın kanı değişmeliydi. Aksi takdirde, amansız hastalığa yakalanmıştı, çok çabuk ölebilirdi. Bu görüş doktoruna aitti.

Gazeteyi okuyordu Hülya. Agah'ı unutmuştu.

Agah sordu;

— Anne! Neden bitmeyen çile demişler? Senin çilen bitmedi mi?

— Bitecek yavrum bitecek. Allah izin verirse bitecek, görmediğimiz dostlar çıkıyor karşımıza.

Devamlı telefonu çalıyordu Hülya'nın. Almanya'dan, Fransa'dan, Türkiye'den adresini istiyorlar, para göndereceklerini söylüyorlardı. Hülya, kanım değişecek diye seviniyordu. Türkiye gazetesi okurlarından yardım geliyordu.

Yine bir gün aynı heyecanla Hülya telefon açıyordu;

— Abla müjde. En az beşbin mark yardım geliyor. Hemen ilaçlarımı alırım abla. Sevincimden ne yapacağımı şaşırdım.

Çok geçmeden, Beyoğlu belediyesine davet edilmişti. Bizzat Belediye Başkanı Nusret Bayraktar konuşuyordu.

— Geçmiş olsun kardeşim. Haberinizi okudum. Siz çok çile çekmiş bir insansınız. Önce geçmiş olsun. Size ilk olarak çocuğunuzun bütün masrafını yaptırmak şartıyla Kasımpaşa'daki Valipaşa konağında özel sünnet merasimiyle sünetini yaptıracağıma dair söz veriyorum. Bir de on milyon hediyemizi takdim edeceğiz.

Gönül isterdi ki bütün ihtiyaç sahiplerine bunu yapabilelim. Ama merkezi sistem bize yardımda bulunmadığı için istediğimizi yapamıyoruz. Tabi toplu halde sünnet yaptıracağız. Fakat bu merasim oğlunuza özel olacak.

Hülya sevincinden ağlıyordu. Kulakları söylenen her sözü duymamıştı ama duydukları ona yeterdi.

Beyoğlu belediyesinde çalışanlar büyük bir gayretle özel güne hazırlanıyorlardı. Özellikle memure Nurcan, Agah'ı kucağında taşıyor, tıpkı bir anne gibi heyecanla yardımcı oluyordu. Gülay hanım da büyük bir samimiyetle Hülya'yı sevindirmek için gayret sarfediyordu. Bütün Nusret Bayraktar kurmayları bu özel gün için heyecan içindeydiler.

Hülya ablasına telefon açıyor, ağlamaktan konuşamıyordu.

— Abla! Abla, kalbim duracak. Bu dünyada karşılıksız yardım edenler de varmış. Koskoca başkan beni makamına çağırarak oğlumun sünnetini yaptıracağına dair söz verdi. İnanamıyorum abla. Acaba doğru mudur, yoksa vaz geçerler mi?

— Asla! Büyük insanlar verdikleri sözlerinden dönmezler. Nusret Bayraktar ağabeyimiz ölümüne sözünden vazgeçmez. O, Türkiye'de keşfedilmemiş bir hazinedir, demiyor muydum sana.

•••

Gazete haberi Hülya'ya gerçektende beşbin mark civarı yardım getirmiş. Hayatında ilk defa bu kadar parayı bir arada görmüştü.

Gönderenlere dua ede ede, acil ihtiyaçlarını almış, ilaçlarından sonra geri üç aylık mutfak masrafına yetecek paraları kalmıştı. Artık kocası bir işte çalışmadığına göre bu parayı saklamalıydı.

Bir taraftan eşine damar tıkanıklığı ve kalp hastalığı teşhisi konulmuştu. Bu paradan ona da harcanmalıydı.

Gazetenin ilanı çıktığı günler, bazen umulmadık birilerinden para, bilezik, çuvalla yiyecek bile gelmişti. Hastalığı artmasına rağmen Hülya artık eskisi gibi umutsuz, dünya'ya küskün değildi.

Hiç ummadığı anda Beyoğlu belediyesi yine çağırmış, bu defa oğluna kıyafet almışlardı. Ayrıca duvarlara afiş asarak, davetiye kartı bastırarak, herkese haber vermişlerdi. İşte sünnet günü gelmiş, Hülya Kasımpaşa'daki Valipaşa Konağına gittiğinde titriyordu. Acaba gelen olacak mıydı? Oysa ki hiç ummadığı kişiler gelmişti. O da ne, televizyondan -TGRT ve Basından- bile gelmişler. Hülya kendisinin yerde mi, gökte mi gezdiğini bilmiyordu.

Birden gözleri tanıdık simalar görmüştü. Ağbisi ve

yengesi de ordaydı. Sevincinden gözlerine dur diyemiyordu. Hatta hiç ummadığı Beykoz Belediye Başkanı Yücel Çelikbilek ordaydı. Hülya ordan oraya koşuyor, çılgınca sevincini dağıtmaya çalışıyordu.

En güzel pasta ve hediyelerde salona farklı bir renk vermişti.

Arada bir sevdiklerine soruyordu;

— Acaba bu bir rüya olabilir mi?

İşte Beyoğlu Belediye Başkanı Nusret Bayraktar'da gelmişti. "Aman Allah'ım! Koskoca insandaki bu jesti, mütevazılıktan başka ne izah edebilirdi. Hülya, "Allah'ım aklımı koru da, sevincimden gitmesin" diyordu.

Sevinç üstüne sevinç yaşıyordu.

Oğluna Beyoğlu belediyesi mensupları aralarında topladıkları bir büyük altının haricinde 25 altın takılmış, 2500 marklık Türk parası toplanmıştı. Hülya'nın gözü parada değildi. Gelenlerin sevincini yaşıyordu. Kendisinin hiç tanımadığı kişiler de vardı.

Hülya sevincinden durmadan ağlıyordu.

Bu arada güzel bir konuşma yapmış, televizyon bu konuşmayı çekmiş, basın not etmişti.

— Değerli kardeşlerim. Hepiniz hoşgeldiniz. Şu anda o kadar mutluyum ki, bunu kelimelerle ifade edemem. Bize kucak açan, bu günü hazırlayan Nusret Bayraktar başkanıma nasıl teşekkür edeceğimi bilemiyorum. Buna sebep olan Selami Çalışkan ağabeyim ve dostlara hepsine...

Konuşmayı epey sürdürmüştü.

Gözlerine inanamadığı bir kişi daha görmüştü. 1. ağır ceza mahkemesinden katip Hülya'ydı bu. Onu yıllar yılı sanık sandalyesinden görmüştü. Şimdi bu mutlu gününde gelmiş, onu başka alanda görüyordu. Sarılıp boynuna katıla katıla ağladı. Hep kederden ağlayan Hülya, şimdi sevincinden ağlıyordu. Birden cezaevinde arkadaşının çocukları Mehtap, Azize ve Murat'ı da görünce daha çok sevinmişti.

Bu arada, başında polis kasketi olan bir adamın kendisine doğru geldiğini gördü.

Hülya'yı bir heyecan kaplamıştı. "Eyvah, şimdi bu da nerden çıktı."

— Türk filimlerindeki gibi, en mutlu günümde yine bir iftiraya mı uğradım. Ne olur Allah'ım. Bana birdaha oraları gösterme.

Korkudan dizleri titremiş, rengi solmuştu. İçinde kopan bu fırtanadan sadece Hülya'nın habei vardı. Polis insanları yara yara kendisine iyice yaklaşmıştı. "Yavrum" diyordu Hülya. "Eğer kelepçe geçecekse elime, yavrum görmesin."

Bunları düşünürken polis diye baktığı adam yanına yaklaşmıştı.

— Merhaba Hülya hanım. Ben birinci Ağır Ceza Mahkemesi Kalem Müdüresi tarafından gönderilen adliye memuruyum. Size müdüre hanımın mesajını getirdim.

Hülya titrek ellerle açmıştı gelen mesajı.

"Sevgili Hülya,

Birinci Ağır Ceza Kaleminde görevli olan, bütün ağabeylerin ve ablaların, bu mutlu gününde senin yanında olmak isterdik. Bu mutlu gününde yanınızda olamadığı-

mız için özürdiliyoruz. Sen herşeyin en güzeline layıksın. Allah herşeyde mürüvvet görmeni nasip etsin.

Sevgilerimizle."

Hülya'nın kalbi nerdeyse durdu, duracaktı. Gözyaşları içinde elindeki kağıdı defalarca öptü ve birkere daha anlamıştı ki, adaletsiz kanunların bulunduğu yerde çalışan memurlar, kanunları gibi adaletsiz olmayabiliyorlardı.

Sünnet merasimindeki mutluluğu onun günlerce kendisine gelmesini engellemiş, devamlı Rabbine şükrediyordu;

"Allah'ım! Bana böyle mutlu günleri gösterdiğin için sana ne kadar teşekkür etsem azdır Allah'ım."

Secdelere kapanıyor, bu lütfun heyecanı karşısında kendisini tutamıyordu.

Eşi Ali bey sevincini dışa yansıtamıyordu. Ama o da şaşkındı. Müslümanlar arasındaki bu bağ onu çok etkilemişti. O da mutluluğunu teşekkür ederek belirtiyordu.

DOST ELLER

Bugün dost ellerden yasemen geldi.
Coşkular çıktı göğe, arşa yükseldi.
Mutluluk bile şaştı, kendini bilemedi.

Rüya gibi bir gündü, tepeden baktı geçti
Ateş sarmış kalplere, suları serpti geçti. (E.Ş.)

Bu mutlu tablo devam ederken bir gün kapı çalınmıştı. Kapıyı açtığında Rus kızı Klara gelmişti. Hülya onu görünce çok sevinmiş, bu sevincini ona belli etmişti.

Hoş beş faslından sonra konu dönüp dolaşıp gece hayatına geldi.

Hülya sordu;

— Hâlâ o yollarda mısın?

— Evet ablacığım, başka ne iş yapabilirim? Ülkenizin insanı bile işsiz gezerken benim başka iş bulmam mümkün değil.

— Senin Türkçe konuşmanda çok ilerleme var, hayırdır bu ne iş?

— Bizim meslekte konuşmak ön plandadır. Biz en fazla konuşmakla iş yaparız.

Hülya bu genç kıza ne yapsa da islam'ı anlatsaydı? Kendisinin fazla bilgisi yoktu, **hastalığı öğrenmesine mani olmuştu**. Fakat bu kıza bir çareler bulmalıydı. Dostlarından ne yapması gerektiğini soruyor, onlar ne derse öyle hareket ediyordu.

Bir gece otururlarken Hülya konuya girmek istedi.

— Klara, seninle biraz dini konularda konuşsak sıkılır mısın?

— Sıkılmam... Neden sıkılacağım, ben konuşmayı çok severim.

— Ben sıradan konuşmalar değil, dini konular diyorum.

— Anladım.

— Klara, diyorum ki; ben müslümanım, sen hristiyan'sın.

Klara hemen dinini müdafa etmişti ;

— Yoo sakın benim hayat kadınlığımı dinimde var sanmayasın.

— Biliyorum, hiç bir din, zinaya izin vermez. Sadece dinsizlik zinaya izin verir. Onun için dindar insanlarda zina yüzde on olsa da, dinsiz ülkelerdeki insanların çoğu mutlaka zina yapmıştır. Fakat zinanın adına "çıkmak" derler de, zina demezler. Zaten onların zina yapmaması için bir sebepte yok.

Klara anlayamıyordu.

— Sen sanıyorsun hristiyanlıkta zina var.

— Hayır, ben öyle zannetmiyorum. Dindar hristiyanlarda da zina oranı düşükmüş. Ben diyorum ki; ben müslümanım, sen de hristiyansın. Allah'ta bir tane, iki Allah yok ki, birisi senin birisi benim Allah'ım olsun. İkimizi de aynı Rabb yarattı. Aynı ustanın eseriyiz. Fakat ikimizde ayrı ayrı dinlere mensubuz. Aynı yaratıcı bizim ayrı ayrı dinlerde olmamızı istemez. Şüphesiz ki, bu iki dinden birisi Allah'ın kabul ettiği dindir. Allah'ın kabul ettiği din; ya senin dinin, yada benim dinim. Gel seninle tahlil edelim, araştıralım. Eğer senin dinin güzel, insan fıtratına uygun ve hak din ise yani değiştirilmemişse, ben senin dinine geçeyim. Yok bunlar böyle değilse, sen benim dinime geç.

— Ben kimsenin dinine geçmem, sen de benimkine geçme. İkimizde kendi dinimizde kalalım.

— Ama ya birimiz yanlışta ısrar ediyorsak! Neden böyle olsun ki?

— Doğru söyledin. Ama ben oldu hayat kadin, ben uğraşmıyo dinle.

Hülya sinirlenmişti. Ama birbirlerine de nazı geçiyordu.

— Nankör müsün sen? Ne demek Allah ile ilgilenmemek. Sana hiç yakışmıyor Klara.

— Canım ben hayat kadın.

— Anladım hayat kadın. Hayat kadınının da Allah'ı var. Hayat kadını Allah'ı unutsa bile...

— Biliyorum günah. Ama madem ki bu vucut benim ister satarım, ister keserim.

—Yok öyle yağma. Kes bakalım bir parmağını, günah değil mi? Bizim dinimizde günahtır. Hiç kimse bir uzvunu kesemez. O uzvu sen mi yarattın ki sana ait olsun? Yapraklar bile insan için yaratılırken, insan sadece kulluk için yaratılmıştır. Dinsizler bir plan kurmuşlar, sanki Allah'a kullukla, kula kulluğu aynı kefeye koyuyor, Allah'a kulluğu kölelik gibi gösteriyorlar. Onun içinde insan "her şey benim" diyor. Ama sen onlar gibi olma canım. Allah'ı son sıraya koyma.

— Sen geçen sefer gelişimde de anlatırdın ama böyle değildin. Sana ne oldu böyle?

Hülya başını öne eğmişti.

— O zamanlar Rabbime karşı çok mahcuptum. Şimdi ise sevinç doluyum. Ben Allah'a döndüm Klara, şimdi öyle bir duygu taşıyorum ki, bütün dünyayı Allah'a davet etmek istiyorum. Açıp pencereleri herkesi Allah'a davet etmek istiyorum...Şu sokaklara haykırmak geliyor içimden Klara. Ben yeniden dirildim. Ah sağlığım yerinde olsada durmadan dinimi öğretici kitaplar okusam.

Tartışma devam ederken, Hülya bazı sorularda takılmıştı. Hülya dur seninle birisini telefonda görüştüreyim. Hemen telefona sarılmıştı. Ahizenin öteki ucundaki müslüman bir kadındı.

— Buyur Hülyacığım, bir şey mi var?

Hülya şaka yollu konuşuyordu.

— Ablacığım. Burda bir baş belam var. Ben dinle uğraşmam, diyor.

— Eee bundan sana ne?

— Olur mu bana ne, sinirleniyorum abla. Dinden kopmak insanları ne duruma getiriyor gözlerimle gördüm, ne merhamet, ne ahlak bırakıyor, dinsizlik, dine karşı olan çoğu insanı taş gibi duygusuz veya ellere sermaye yapıyor.

— Hülyacığım, haklı payın var. Ama yine de insanlara illa iman edeceksin diye baskı yapamazsın. Allah peygamberimize ne buyurdu. "Sen kendini üzme, yıpratma. Sen sadece tebliğ et. Dileyen iman eder, dileyen etmez."

— Ama abla bizim dinimize hakaret ediyor, alay ediyor.

— Biz de zaman zaman bu hataları yaptık. Halbuki hiç bir dinle yada dinin fertleriyle alay etmemeliydik. Eleştirdiğimiz konuları ve neden onların kitaplarına inanmadığımızı güzelce söylemeliydik. Bunu yapmadık, çünkü, biz dinimizin her şeyini bilmiyoruz.

— Estağfurullah abla. Biz neysekte, sen dini biliyorsun.

— Zaten benim en büyük kaybımda bu. Ben size her şeyi bildiğimi hiç bir zaman söylemedim ama siz benim her şeyi bildiğime inanıyorsunuz. Böylece beni hak etmediğim bir makama getirip koyuyorsunuz.

— Abla sen böyle söylersen, biz yandık demektir.

— İşin doğrusunu söylemiş olurum. Bu gün çoğu İslâm'ı anlatanlar bile henüz islamı tam olarak bilmiyorlar. Bildikleri, bin yıl öncesinin icdihadı oluyor çoğu kez. O zamanda çağımızla dinimiz çatışıyormuş gibi bir imaj hakim oluyor. Yani herkes, bilse bile yeniden islamı öğrenmeli. İslam medeniyeti ne demektir bilmeliler.

— Aman abla, söylediklerinin çoğunu anlamıyorum.

— Acele etme Hülyam. Allah kısmet ederse birgün hepsini anlarsın. Yada anlayamadığını anlarsın. Hekimoğlu İsmail'in çok güzel bir sözü var. "Bir şeyi hiç bilmemek yarım bilmekten daha iyidir" der.

Sen sıkma kızı. Sana sorarsa onu kırmadan anlat.

— Ona diyorum ki; gel, senin dinin doğruysa bana anlat, benimki doğruysa sana anlatayım.

— Güzel bir giriş,

— Güzel ama. Dindar olurum da haram yollarda çalışamam diye korkuyor.

— Kolay değil Hülya, o kadınların sırtından kazanmak için neler yapılıyor. Öyleki, kadınlara "siz ulvi bir iş yapıyorsunuz" diye, nerdeyse onları öldükleri zaman şehid ilan edecekler ki geride kalanların vicdanlarına kötü bir iş yapmadıklarının imajını versinler.

— Evet görünüşte öyle. Ama onları satanlar azıcık kızsa, sermayesi kadınlardan o..... diye bahsediyorlar. İçlerinde sokaklarında yaşıyorum.

— Olsun sen yine de ona yumuşakça anlat, sakın onu rencide ederek konuşma.

— Zaten öyle konuşuyorum abla.

— Sen nasıl konuşacağını bilirsin. Ben de gevezelik ediyorum.

— Rica ederim abla beni utandırma. Şimdi ben bu kıza islamı bildiğim kadarıyla anlatmayayım mı?

— Anlat tabi. Ama rencide etmeden, onu sıkmadan.

— Sabredersem olur abla. Ama çok heyecanlıyım. Dinimize inanmayanların bir an önce öğrenmesini, Allah'a secde etmesini istiyorum.

Ses tonundan anlaşıldığına göre ağlıyordu Hülya.

— Secdesizliğin acısını çektim abla, çok iyi biliyorum.

— Olsun, yinede her secdesizin senin hissettiklerini hissedemiyeceğini bil. Farz ibadetleri yapamadığı için huzursuz olan kalp, bazı nafileleri yapıp kendisini kurtulmuş zannederek huzurlu olan kalp sahibinden, daha iyi bilinçlenir.

Bu arada telefonu Klara almış söyleniyordu.

— Ben inanmak, ilgilenmek istemiyorum ama beni bırakmıyor. Ben istemiyorum ilgilenmek.

— Peki eğer sen Allah ile ilgilenmeyi luzumsuz görüyorsan sana bir sözüm yok. Ama zannetmeyesin ki Allah'ta senin gibi ilgisiz kalır. Bizi Allah yarattı Allah'a nankörlük yapmayalım diye biz severek seninle ilgileniyoruz.

Klara hemen başka bir şey söylemişti.

— Sizin lininiz iyi olsa, bunca islam ülkeleri geri kalmazdı. Demekki sizin din iyi değil.

Telefondaki hanım , bu sorunun her yerde sorulduğunu, hatta televizyonda bile gündeme geldiğini biliyordu.

Hülya ise başka türlü söyleniyordu;

"Benim ülkemde, benim evimde dinime nasıl hakaret eder" diye sinirlenmişti. Hemen aklına geldi, cahiller tartışmada çok hakaretli konuşurlar, çok sinirlenirlerdi. Mutlaka sakin olmalı telefon konuşmasına müdahale etmemeliydi. Telefondaki hanım sordu;

— Anlamadım Klara, sen şimdi bizi kur'anın mı geri bıraktığını söylüyorsun?

Klara gayet sakindi;

— Tabi öyle söylüyorum. Görmüyor musun?.

— O halde bu kelimeyi tersinden ele alırsak, Avrupa'yı da İncil ilerletmiş olmalı öyle değil mi?

— Tabiki öyle. İncil çok yüce bir kitap.. İncil'in geniş kültürü var.

— Güzel inanıyorsun. Ama ya söylediğin doğru değilse?

— Hangisi doğru değilse?

— Avrupa'nın İncil'le kalkındığını savunuyorsun ya, ya bu iddian doğru değilse? İncil'in hiç rolü yoksa...

— Olur mu, hangi ülke İncil'e inanıyorsa o ülke çok kalkınmış bir ülke oldu.

— Burda da yanılıyorsun. Dünyada öyle hristiyan ülkeler var ki, Ürdün bile o ülkelerden daha ileridir.

— Tabi ileri olur, Ürdün'de petrol var. Ürdün kalkınmayacakta kim kalkınacak.

— Ben kalkınmış demedim. Ürdün'den daha kötü durumda olan ülkeler var dedim. Ve biliyor musun Ürdün'de petrol yok. Ürdün, petrolü olmayan tek Arap ülkesidir.

Neyse, öyle veya böyle ben senin öteki sözünün üstünde duruyorum. Avrupa İncil sayesinde ilerlemedi.. Bilakis incil'den devleti kurtardıktan sonra, yani devlet işlerini din işlerinden ayırdıktan sonra ilerlemeye başladılar. İncil'deki bazı hükümlerin varlığı devletin ilerlemesine engel teşkil ettiğine inanıp laikliği getirdiler. 1789 Fransız ihtilali İncil'den kurtulmak adına yapıldı.

— Sizde Kur'an dan kurtulmak için mi laik oldunuz?

— Biz değil, bizi yönetenler, böylece İncil'le Kur'an ı aynı şekilde cezalandırma yöntemini benimsediler. Ama biz aynı fikirde değiliz, olamayız da. Kur'an her çağa uygundur, terakkiye mâni değildir. Neden İncil için ortaya atılanı biz Kur'an için uygulayalım?

— İncil'de ilerlemeye mani değildir.

— Fakat biliyorsun, Galile'yi yargılayanlar İncil'den yola çıktılar. Belki bu hüküm İncil'lerin hepsinden çıkmaya bilirdi ama İncil, Allah buyruğunda miadını tamamlamış bir kitaptır. Biliyorsun son asırlarda hep değiştiriliyor.

— Sizde de ilme karşı geldiler. Sizde o yüzden geri kalmadınız mı? Mesela matbaayı ret etmişsiniz.

— Hayır matbaa din adına ret edilmedi. İşçiler adına ret edildi. Binlerce insan aç kalacak, sadece matbaa makinası alan kazanacaktı. O yüzden yurdumuza 260 yıl sonra geldi.

— O yüzden gerilediniz değil mi?

— Hayır canım. Bizi çoğunlukla beyinsizler yönlendirirdi, oyüzden geri kaldık. Bak Japonya matbaanın çıkışından tam 411 yıl sonra matbaayı kabul etti.

Ama aynı Japonya bugün dünya ile yarış ediyor. Burdanda anlaşılıyorki, bizi geri bırakan matbaanın gelmeyişi değil, aklın gelmeyişidir.

Kısacası, Avrupa'yı İncil ileri götürmedi, bizi de Kur'an geri bırakmadı. Sen yanlış biliyorsun.

— Yalnız İsa İncil'de dedi ki;

— Hayır, bu günkü İncil'lerin hiçbirisini İsa (a.s) yaz dırmadı. Zaten bunu Hristiyan alemi inkar etmiyor.

— Hayır siz bilmiyorsunuz. Nasıl bir dinin kitabını O dinin peygamberi yazdırmaz. Böyle şey mümkün değil. Peki Kur'an nasıl yazıldı?

— Sûre sûre, ayet ayet, efendimiz tarafından, onun sağlığında yazılmıştır. Hatta Ali-İmran sûresinde bununla ilgili bir kıssa vardır.

Sıkılmızsan anlatayım.

— Tabii dinliyorum.

— Vahiy katibinin ismi Mervan'dı. Ali-İmran sûresi inince Cebrail (a.s) Allah'tan aldığı emirle "bu sûrenin adı, Ali-İmran olacak" dedi. Efendimizde vahiy katibi Mervan'a "yaz" dedi. " Bu surenin ismi Ali-İmran suresidir."

Mervan, efendimizin okuma yazması olmadığına güvenerek, heveslenip Ali-Mervan diye yazdı. Hemen anında Cebrail (a.s) durumu efendimize bildirdi.

— "Ya Muhammed katibin yanlış yazdı." dedi.

Efendimizde onu yanından, çevresinden uzaklaştırdı.

— Ben yine de İncil'in peygamberden sonra yazıldığına inanmıyorum. Siz yanlış biliyorsunuz.

— Peki araştıracak mısın?

— Tabiki araştıracağım.

— O zaman seninle tartışalım. Hangimizin inancı en doğruysa ona girelim. Allah'ın gönderdiği gerçek din oysa neden o dine mensup olmıyayım! Peki ben sana Kur'an ın hak kitap olduğunu ispat edersem, sen müslüman olur musun?

— İnanırsam olurum belki. Ama ben yine böyle yaşarım. Zaten hayat kadınlığı hariç, bir çok müslüman da benim gibi yaşıyor.

— Artık orasını sen bilirsin arkadaşım. Bizden söylemesi. Keşke imkanım olsa da bütün hristiyanlara gidip konuşabilsem.

— Onlara ne söylemek isterdiniz?

— Derdim ki; bakın, ben sizin dininize girsem, Kur'an'ı mı, peygamberimi inkar etmek zorunda kalacağım. Ama sen benim dinim İslam'a girersen, ne hak İncil'i, nede onu getiren peygamberi inkar edeceksin. Yine Meryem'i, İsa (a.s)'ı sevin ama Allah'ın müsade ettiği ölçülerde, Allah'tan başka hiç kimseyi ilah edinmeden.

— Siz çok mantıklı yaklaşıyorsunuz. Ama ben İncil'lerin ne zaman yazıldığını araştıracağım.

— Çok iyi olur canım.

— Ben hem Kur'an'ı hem dört İncil'in dördünü de

okudum. Yanlız Kur'an-ı bir kaç kere okumak yetmiyor.

Her ayet belki bir kitaplık konudur. Siyakı-sibakı var. Esbabı nuzul'ü var. Savaş ayetleri normal yaşantıda baz kabul edilmez. Her şey yerine göredir. Şimdi bazıları "tuttuğunuzu öldür" şeklinde bir ayet okuyorlarsa, baş tarafını, son tarafını almadan, tabi yanlış anlamalar doğar.

Savaşta hükümler yer ve konumuna göre değişir. Biz telefonu çok uzattık, istersen seninle sonra görüşelim.

— Tabi olur. Bende hemen İncil alacağım.

Telefonu kapattıktan sonra bir müddet durmuş düşünüyordu Klara.

Hülya sordu;

— Ne düşünüyorsun?

— Kafam karıştı. Ben Avrupa İncil sayesinde ilerledi diye biliyordum. Bir de İncil'ler İsa'dan sonra yazılmış. Buna inanmak mümkün değil. Bu gün olan bir olayı bile insanlar çarpıtıyorlar. Ha aklıma geldi, Kur'anda bir tane değil. Sizde ayrı ayrı Kur'an'lar varmış. Kim yorumladıysa onun ismi konurmuş Kur'an a. Peki buna ne diyeceksiniz?

Hülya duraklamıştı. Birden hatırlamıştı. Fizilal - Kur'an - Hak Dini Kur'an Dili, En Kolay Tefsir gibi bir çok Kur'an tefsirleri vardı. Ne deseydi şimdi. Hemen aklına gelmişti, en iyi islam müdafaaları bilmedikleri konu hakkında çok biliyormuş gibi görünmemeli, bilmiyorsa cevabını "bilmiyorum" diyebilmeliydi.

Hemen cevap verdi;

— Ben o sorunun cevabını bilmiyorum. Dur hemen

ablama sorayım.

Heyecanlı heyecanlı telefon açıyordu Hülya. İşte telefon çalmış, ablası da cevap veriyordu.

— Buyurun.

— Abla benim. Bu kız bana altından kalkamadığım bir soru sordu.

Konunun ne olduğunu anlatmıştı Hülya.

— Kusura bakma, kızımız sizi yoruyor galiba.

— Hayır ben onu yoruyorum.

— Olabilir. Kur'an'daki herşeyi akıl tartamaya bilir. Zira "iman, aklın bittiği yerde başlar" yani aklın ulaştığı son noktada başlar. Fakat sorduğun bu soruda pek önemli birşey yok. Çünkü, bizde Kur'an bir tane, yorumlayanları, yani tefsir eden milyonlarca insan olabilir. Bu önemli değil. Sonuçta kitap bir tane, her sûre aynı şeyi söyler. Dünyanın her yanında kural budur. Fakat sizde 4 adet ayrı, birbirinden çok farklı konuların işlendiği kitap var. Mistir Markos, yada sayın Markos canının istediği her hangi bir şeyi yazmış olsaydı da, bu gün onu Markos incilinde okuyacaktınız.

— Onlara sahtekar mı diyorsunuz?

— Asla. Neden diyeyim ki, Onların çoğu, belkide hepsi cennete gitmiştir.

— Aaa sahiden öyle mi inanıyorsunuz?

— Tabii öyle inanıyorum. O zaman Kur'an-ı Kerim yoktu ki, insanlar İncil'in yorumlarıyla yaşıyorlardı. Eğer İncil'leri yazanlar ve yaşayanlar gerçek hristiyanlar ise cennete girerler.

Tekrar ediyorum, o zaman Kur'an inmemişti. Kur'an indikten sonra zaten bütün dini konuları içine aldı.

Genç kız durmadan yeni sorular soruyordu:

— İncil varken tekrar bir kitaba ne gerek vardı?

— Sana islama göre bunun cevabını Hülya versin, ben ona anlatmıştım. Sana da, İncil'e göre kitap varken, öteki kitabın neden geldiğini İncil'in ön sözünden okuyayım.

— İncil'de var mı bu konu?

— Ön sözde var. Bir saniye bekle canım. Hemen İncil'i alıp geleyim.

Bir kaç dakika sonra, telefondaki kadın, Kitabı Mukaddes Şirketinin dört İncil'de ön söz olan yazıdan İncil – Sevindirici– Haber– den okuyordu;

— Beni dinliyor musun?

— Evet dinliyorum.

— İşte okuyorum.

".... kutsal kitapta açıklanan tanrı kendini kutsallıkla ve güçlü işlerle tanıtır. ESKİ ANDLAŞMADA (yani tevratta diyor) göz kamaştırıcı işlerle kendini kanıtlayan Tanrı, yeni andlaşmada (yani İncil'i kast ediyor) daha da güçlü işlerle, Mesihin kişiliğinde kanıtlandı. İsa mesihin gelişini bütün peygamberler bildirmişlerdir....."

Bu önsöz uzar gider. Halbuki, öteki peygamberlerin bildirdiği de Hz. Muhammed'di (s.a.v.)

Burada önemli olan konu şu: Demekki Allah, peyderpey kitaplar gönderdiğini, hristiyanlara da söylemiş, ama onlar çeşitli yorumlar getirmişlerdir. Bu onları ilgilendirir.

Allah, her kitabın miadı var diyor. İncil'den, tevrattan bahsediyor. Sonrada Kur'an'ın miadı, kıyamete kadar geçerlidir. Şimdilik bu kadarla yetinelim. Sormak istediğin birşey olursa ararsın.

Hülya temiz ruhlu bulduğu Klara'yı müslüman yapmak istiyor, bu uğurda çaba harcıyordu.

Aradan haftalar geçmişti.

Klara İncili araştırıyor, Kur'ana inanmakla ne kaybedeceğini düşünüyor, yine de gece işine, kadın satışının "ihtiyaç" olduğunu söyleyen sistemde, vazifesini(!) icra ederek erkekleri ihya ediyordu(!)

Hülya artık onu din ile değilde, ona bu kötü işi düşündürme yoluna gidiyordu.

— Bak Klara. Düşünsene, kendini birilerine sermaye yapıyorsun. Bir gün anne olacaksın. Hiç olmaz bu gün tevbe edersen, çocuğun leke almadan kurtulur. Hatanın neresinden dönülürse kârdır. İnsanlık hali, bir hataya düşer insan. Hatadan dönmekte insana has bir özelliktir.

Klara hak veriyor, Hülya'nın sözlerini düşünüyordu.

Bu arada "hazıra dağ dayanmaz" diyen atalarımızın sözü yerini buluyor, Hülya'nın parası bitişini haber veriyordu.

Eşi de iyice hastalanmış, damarının birisi çalışmaz hale gelmişti.

Yine maddi sıkıntı çekmeye başlamışlardı, kirayı, elektiriği, suyu, her şeyi dertti.

Mektup derneğinden arada bir harçlık gelse de, derneğe her zaman yardım gelmiyordu.

Bu arada Hülya'nın kitabının birincisi olan BEN Kİ-

MİN KURBANIYIM? basılmış, satışa sunulmuştu. Neki ilk baskısı çok çabuk tükenen kitabın ikinci cildi çıkmadığı için diğer baskıları aynı hızla gitmiyor, Hülya'da bu duruma çok üzülüyordu.

Artık sıkıntısı çok fazlalaşmış, bir çare arıyordu. Bu defa maddi sıkıntı çekmesine rağmen eski deprasyonlara girmiyor, kimselere söylemeseler de arada aç kalıyorlardı.

Kendisine; "Nusret Bayraktar'a git, derdini anlat" diyenlere "olmaz" diyordu;

— Çocuğuma o kadar masraf yaptırdı, para verdi. Ben tekrar ona gidemem.

Bu defa Büyük Şehir Belediyesine gidecek, Tayyip Erdoğan'a derdini dökecekti. Gitti de ama Tayyip Erdoğan'a o kadar kişi müracat etmişti ki, Hülya'nın derdini bile dinleyememişti.

Hülya göz yaşları içinde derdini başkasına döküyordu;

— Olur mu böyle şey? Hiç kimse ilgilenmedi. İlgileniyormuş gibi yapıyorlar, ben yol parasını zor buluyorum, yol paramı bile vermiyorlar. Artık onlardan birşey bekleyemem, beklemem de. Tayyip abinin alacağı olsun. Vallahi çok kırıldım.

Hülya'ya teselli kâr etmiyor ama yinede izah ediyorlardı.

— Bak Hülya'cığım. Binlerce insan Tayyip Erdoğan'a gidip, düzenin açığını onda kapatmak istiyorlar. Hangi birinize yetişsin?

Hülya sadece üzülüyor, kendisini dilenci gibi hissettiğini söylüyordu.

Bu dönemlerde Tayyip Erdoğan basın toplantısı yaptı.

— Merkezi sistem bize ayırdığı bütceyi her geçen gün kısıyor, hakkımızı bize vermiyor. Biz değil de başkası seçimi kazansaydı rejim bunu yapmayacaktı.

Bu durumda ne oluyor, yapmak istediğimiz bir çok işleri ertelemek zorunda kalıyoruz.

Hülya evinde, eşinin hastalığıyla ilgilenirken, telefon çaldı.

•••

Hülya'nın tanımadığı bir sesti.

— Alo.. Hülya Tekel Ertürkle görüşmek istiyorum.

— Buyurun benim.

— Ben büyük şehir belediyesinden arıyorum. Halkla ilişkiler müdürü, Said Özkan, sizin kitabınızı birine vermiştim, okumuş çok etkilenmiş. Erzurum'lu İş Adamı Horasan İnşaat'ın sahibi olan Ali Önal bey size güzel bir yardımda bulunacakmış. Müjde vereyim dedim de.

— Allah sizden razı olsun. Ne zaman sıkılsam müslümanlar imdadıma koşuyor. Bana çok büyük moral verdiniz.

Said Özkan bey Hülya'ya yardımcı olmak için elinden geleni yapacağını söylemişti.

Günler haftalar geçmiş, hâlâ Horosan inşaatın sahibinden haber yoktu. Hülya'da gurur yapıyor, sormuyordu.

Yine bir gün başka bir yerden telefon gelmişti.

— Ben TGRT televizyonundan arıyorum. Hülya hanımla görüşmek istiyorum.

Hülya'nın kalbi çarpıyordu.

— Buyrun benim.

— Hülya abla merhaba. Ben yankı proğramından Ali Gıdık. Arkadaşım Abdurrahman'la beraber sizin hayatınızı proğram yapacağız.

— Çok memnun olurum kardeşim. Ne zaman isterseniz buyrun.

Yankı proğramıyla anlaşmışlardı.

Birkaç gün arayla, İnter Star'da bir proğram yapmış, çarpıtma yapılmadan Hülya'nın yıllarca suçsuz yere ceza evinde yattığı anlatılmış, Hülya cezaevinden ve çilesinden söz etmişti.

Yankıya verilen randevu saati gelmiş, çekim yapılmıştı.

Günler sonra Yankıdan telefon gelmiş, "bu gece proğramınız yayınlanacak" demişlerdi.

Hülya müslümanlardan gördüğü ilgiden dolayı kendisini çok bahtiyar hissediyordu.

Yankı saati gelmişti. Milyonlarca aile birazdan Hülya'yı seyredecek, onun hakkında bilgi edinecekti. Kim bilir, kimler Hülya'nın dramını seyrediyordu.

Umulmadık neler vardır şu alemde, birden karşımıza çıkar.

Bunlardan biri Ankara'nın bir semtinde oluyordu. Milletin yönetiminde fikren katkısı olan biri **Yankı** proğramını izliyordu.

Hülya'yla ilgisi olanlar konuşuluyorlar, kimi nasıl tanığını, kimi de onunla ilgili ne yazdığını anlatıyordu. di Hülya konuşuyordu,

"Suçsuz yere 30 yıl ceza aldım. Sonra temyizde bozuldu. Cezaevine girdiğimde çocuktum, çocuk katilleri beni öldürürler mi diye korku yaşıyordum. Çok acı çektim, çok üşüdüm, çok ta aç kaldım."

"Mahkemede dedim ki, sizin mahkemeniz bitti, bana 30 yıl verdiniz. Sizinle ben, bizim mahkemede görüşeceğim."

Katilleri tanımıyordum bile. Vicdan azabı çeken katil bana mektup yazarak, mektubunda "seni biz yaktık, biz kurtaracağız" diyordu.

"Mahkeme beni, on yıl yatırdıktan sonra temyiz kararımı bozmuş, mahkemem dışardan devam edecekti. Bana "serbestsin" dediler.

Nereye gideyim hakim bey? dedim. Gidecek yerim mi var? Bütün akrabalarımla ilişkimi kestim, dışarıyla bağlantım kesildi, ben şimdi nereye gideyim?"

Bu konuşmaları izleyen Ankara'daki şahıs başka kanala geçmiyor, dikkatini proğrama veriyordu.

Koltuğuna yerleşen Ankara'lı izleyiciyi asıl etkileyen, Hülya'nın kocası olmuştu. Belki ilk defa kompleks duymadan, hanımının vaazından, namazından etkilendiğini açıkça söyleyen birini görmüştü.

Televizyon spikeri Mustafa Ali Ertürk'e sorusunu şöyle sormuştu;

— Siz işyerinizi nasıl kapattınız? Sebep neydi? Bize kısaca anlatır mısınız?

Hülya'nın eşi cevap veriyordu:

— Hülya beni çok etkiledi. "Bu işleri bırak, burdan aldığın parayla karnımı doyuramıyorum, bana zehir geliyor" dedi. Bir hoş oldum. Zaten Hülya'nın namaz kılması, onun halleri, bana vaaz vermesi beni çok etkiledi, pavyondan çeketimi alıp çıktım. Ordan telefonumu bile almadım.

Evet, karısından etkilendiğini milyonlarca insanın gözü önünde resmen açıklıyordu adam. Alışkanlıklarını bu etkiyle bırakmıştı. Ankara'daki esrarengiz şahıs çok etkilenmiş, kendi kendine düşünmeye başlamıştı.

•••

Hülya ve Klara beraberce proğramı seyretmişlerdi.

Hülya, maddi sıkıntıda olmasına rağmen ilgiden dolayı mutluydu.

Klara soruyordu;

— Peki madem seni haksız yere yatırdılar, neden dava açmadın?

— Avukat parası bulamadım... Belki iki-üç milyar lira tazminat alırdım ama olmadı.

Klara konuyu değiştirip, dalgın dalgın konuşuyordu;

— Hülya! Sen benim parayla bu eve yiyecek aldırmıyorsun, ama sen de bakkala borç yazdıra yazdıra bu gidiş ne yapacaksın?

— Bilmiyorum. Allah bakalım ne kapı açar? Hastalığım biraz iyileşirse iş arayacağım.

Birden aklına geldi Hülya'nın. Kapı kapı az mı iş aramıştı da, sabıkalı ve dul olduğu için iş bulamamıştı. Şimdi oturup el eline bakamazdı. Onun için arada bir pazarlarda satış yapıyordu ama hastalığı buna da maniydi.

Maddi sıkıntı ön plana çıktığı için dini konular bazen ikinci planda kalmıştı, bu da Hülya'yı üzüyordu.

Geceyarısı olmuş, Ankara'dan bir telefon gelmişti. Klara dikkatlice bu telefonu dinliyordu.

Telefonu kapatan Ankaralı şahıstan sonra Hülya, gecenin saat birinde, sevinçle Emine ablasına telefon açıyor, sevincinden titriyordu.

— Alo. Abla selamün aleyküm. Biliyorum bu saatte telefon açılmaz ama dayanamadım, sabahı bekleyemedim. Abla! Sana birşey soracağım.

— Sor bakalım Hülya. Yalnız biraz sakin ol. Nedir bu halin?

— Sen halimi bırak abla. Sen Cumhurbaşkanlığında müslüman olduğuna inanır mısın?

— Eskiden inanmazdım ama şimdi inanıyorum.

— Peki sen, Mustafa Başoğlu'nu tanıyor musun?

— Evet, yabancı gelmedi ama galiba Adalet Partisi Milletvekillerinden biriydi, ne oldu?

— Ah abla inanamazsın. Mustafa Başoğlu şu anda Cumhurbaşkanı baş danışmanı.

— Eee ne oldu anlatsana Hülya.

— Bir telefon çaldı, açtım bir ses, Cumhurbaşkanlığından arıyorum dedi galiba. Zaten ben cumhurbaşkanlığı sözünü duyduğum andan itibaren şaşkındım. Beni Sağlık, İş Sendikası'na sigorta yapacakmış. Acaba doğru mudur?

— Tabii doğrudur Hülya.

— Ya abla be.... Ne olur beni yadırgama ama ben inanamıyorum.

Nasıl olur? Beni devletin adaletsiz kanunları yaktı,

şimdi aynı devletin en tepesinden yardım gelir mi?

— Bak Hülya, iyi insan heryerde iyidir. Kötüler de heryerde kötüdür. O makam değil bu iyiliği yaptıran, Mustafa beyin içindeki iman, insanlık. Kaldı ki, o makamın da bazen iyilik yaptığı görülmüştür.

— Ama nasıl olur abla? Halâ şoktayım.

— Sen ne dedin, inşaallah güzel konuşmuşsundur.

— Ben ağlamaktan ne konuştuğumu bilmiyorum. Sadece yardım etmesenizde olur, aradınız ya, bu bana yeter dedim. Gerçekten hiç yardım gelmese de, beni arayan bir insanın –taa Türkiye'nin tepesinden beni– bizzat kendisinin araması yok mu? Ne bileyim abla, çok duygulandım. Demek başka partide de müslümanlar varmış.

— Bu ne biçim söz Hülya? Senin şu konuştuğun sözü hiç sana yakıştıramadım. Bu konuları seninle defalarca konuşmadık mı?

— Ne bileyim abla. İnanamıyorum dedim ya. Acaba birisi beni mi işletiyor?

— Anlayamadım Hülya, Sen Cumhurbaşkanlığı danışmanı tarafından aranmanın onurundan mı şok oldun?

— Hayır abla, ordaki bir müslümanın benimle ilgilemesi beni çok duygulandırdı. Sana yemin ederim, birincisi müslüman ve yüksek mertebeli biri tarafından aranma duygusu çok gurur verici. İkinci sebep, yardım tabi abla. Açlık insanı umutsuzluğa itiyor. Baksana, sigortalı olmak az birşey mi bu yaştan sonra, iş aramak için yaşadıklarımı ancak ben bilirim.

Sen şimdi tut, "sigortaya alınacaksın" diye telefon al. Hem de Cumhurbaşkanı Başdanışmanından. Üstelik bir müslümandan.

— Sana birşey söyliyeyim mi Hülya? Turgut Özal'ın müslüman olmadığı, bazen de İngiliz uşağı olduğu telkin edildi bize. Gerçi biz ne olduğunu azçok biliyorduk ama birilerinin ona kafir demeleri, o öldükten sonra, aynı müslüman liderlerinin, Rahmetli Özal diye hitap etmeleri beynimde şimşekler çaktırdı. Düşündüm, eğer Özal'ı müslüman biliyorlardıysa, neden kafir dediler? Yok eğer kafir olarak biliyorlardı ise, neden Allah rahmet etsin diyorlar? Sonunda şu karara vardım, demek kendilerine rakip olabilecek kişileri halkın gözünden düşürüp, ona vatan haini, ermeni dönmesi gibi iftiralar ediyorlar ama ölünce rakip olma tehlikesi yok. O zaman onun iyiliğinden bahsediyorlar. Bu karmaşa ile düzgün karar verilemiyor.

O yüzden biz, bir insanı gruplara göre değil, İslâma göre değerlendirmeliyiz. İslâmı bütün olarak kabul eden herkesi kardeş bileceğiz.

— Aşırı dinciler diyenler.

— Onların bir kısmı piyon, bir kısmı müslümanlarla yaptıkları psikolojik savaşın kurallarını oynuyorlar. Bize bu fundamentalist, radikal, kökten dinci gibi isim koyanlar zaten Kur'an'ın her ayetini kabul etmiyorlar ki. Mustafa beyle bu soruların ne ilgisi var?

— Ne bileyim abla. Sevincimden saçmalıyorum galiba. Demek şimdi sigortalı olacağım ha? Üstelik yedimilyon aylıkla. Hemen ilk işim borcumu ödemek olacak.

Hülya artık derin bir nefes daha almış, mutluluk üstüne mutluluk yaşıyordu.

Klara'da izliyordu bu manzarayı.

Hülya yatsı namazını kılıp, güzelce duasını yaptıktan sonra derin ve huzurlu uykuya dalmıştı.

•••

Ertesi günü bir telefon daha almıştı Hülya. Bu defa İhlas Holding'in sahibi Enver Ören'den onbeşmilyon lira geldiği müjdeleniyordu.... Hülya üst üste yaşadığı sıkıntılardan sonra, üst üste sevindirici haber duymaktan sarhoş gibi olmuştu.

Bu arada ağzından kan boşalan Hülya, eskisi gibi umutsuz değildi.

Devamlı aynı sözleri söylüyordu;

— Allah'a şükürler olsun, ölmüş olsam Allah'a dönmüş olarak öleceğim. Üstelik müslümanlardan bana sahip çıkıldığını görmüş olarak ölmüş olacağım. Artık kimsesiz değilim...

•••

Çok geçmeden Hülya, sağlık İş Sendikasına çağrılmıştı.

Sağlık İş Sendikası İstanbul Başkanının karşısındaydı.

Hasan Öztürk bey de, genel başkanları Mustafa Başoğlu'ndan aldığı talimatı uygulayacağını söylüyor, Hülya'ya gösterdiği candan ilgiyle evrakları istiyordu. Hasan bey de, sendikada bulunan diğer görevliler de, Hülya'nın sigortalı olması için ellerinden geleni yapıyorlardı.

Ne güzel insanlıktı bu. Hiç tanımadıkları insana el uzatıyorlardı.

Hülya teşekkür üstüne teşekkür ediyordu. Çok geçmeden sigortalı olmuş, maaşını almaya başlamıştı. Her ne kadar herşeyine bu para yetmese de, Hülya çok iyi biliyordu ki, bundan sonra aç kaldığında, birilerine gidip, utanarak "paramız kalmadı, bize biraz yardımcı olabilir misiniz?" diye yüz kızartmıyacaktı.

Mustafa beye, Hasan beye ve Yankıdaki kardeşlerine dua ede ede evine geldi Hülya.

Herkese kartını gösteriyor, görün ey insanlar; Allah bana bir hediyesini daha, Mustafa Başoğlu abimin vasıtasıyla verdi diyordu.

Bu arada Agah olanları büyük bir insanmış gibi takip ediyordu.

O da kimi görse müjde veriyordu. Bir defasında söylediği söz çok önemliydi. Teyzem dediği kadına söylüyordu.

— Biliyor musun, artık biz aç kalmıyacağız. Annemden yemek istemeden önce, tencerede yemek var mı diye bakmıyacağım. Artık sütte içeceğim, muz da yiyeceğim.

Hülya Klara'ya derdini döküyordu;

— Biliyor musun, şu evde elimi nereye değsem, elime haram alemin pisliği bulaşmış gibi iğreniyorum. Benim kalbim özel yaratılmadı. İnanıyorum ki sen imana gelsen, bu gün yaptıklarını hiç bir zaman yapamazsın.

— Bana birşey söyleme Hülya abla. Zaten canım çok sıkılıyor. Araştırdım, gerçekten İncil'i İsa yazdırmamış. Ama hristiyanlıktan çıkmadım tabi. İslâm'da da idam cezası var. Biz buna karşıyız.

Hülya cevap veriyordu;

— Evet, sizinkiler tektek asmıyorlar, bir bombayla binlerce insanı birden götürüyorlar. İslâm'da haksız yere idam yok, insan öldüren, öldürülür.

— İşte ben buna karşıyım.

— Tabii ki karşı olursun. Yıllarca seni böyle düşünmen için yönlendirdiler. İslâm'ı zalim göstermek için uğraşıyorlar. Ama bunu söyleyenlerin birisi, evladını, ya da ana babasında birini öldürse, "bunu asın, ipini ben çekeceğim" der. Kendi başına gelince böyle der de, başkasının sevdikleri öldürülünce idama karşı olurlar. Hepsi İslâm'a inat konuşulan boş sözler.

— Ama sizin dininizde kol kesmek var.

— O hırsıza ait bir ceza. Peki, İslâm şeriatına göre yaşamayan hristiyan, ya da batı şeriatıyla amel eden ülkelere bakalım. Onlar ne yapıyorlar? Onlar hırsızın kolunu kurtarıyor, hırsıza başkasının kolunu kestiriyorlar. Sadece Türkiye'de bilezik için kesilen kolları, kelleleri yanyana dizselerdi, Çankaya köşkünü çepeçevre sarardı. Haksız mıyım Klara?

Klara dalgın dalgın cevap verdi.

— Üzgünüm.

Hülya hem sofrayı hazırlıyor, hem konuşuyordu;

— Üzgünüm... Bu ne demek? Ben pek anlayamadım. Sence şimdi ben haklı mıyım, haksız mıyım?

— Zaten onun için üzgünüm, haklısın. Düşündümde, birisi annemi öldürse, o insan yaşadıkça ben katil olurdum.

— Bak, İslâm fıtrat dinidir diyorum inanmıyorsun. Senden önce biri daha vardı. O müslüman olup, Ayşe ismini aldı. Onunla da konuştuk bunları.

— Aa nasıl müslüman oldu?

— Valla ben onun nasıl müslüman olduğunu hâlâ anlamadım.

Birgün bana baktı baktı. "Abla biliyor musun? Müslümanlık benim çok hoşuma gidiyor. Hele senin gibi kapanmak. İlgimi çekiyor" dedi.

Ben de laf olsun diye "kapanın" dedim. "Ama benim öyle uzun elbisem, başörtüm filan yok" dedi.

İnanamadım. Sen müslüman olunca bana haber ver, ben sana kıyafet ayarlarım, dedim. Kız birden bire;

"O halde ayarla, ben müslüman olup kapanacağım" dedi. İnanamadım. Kelime-i şahadet için onu kendimden dahi iyi bilenlere götürdüm. Meğer müslüman olan kişi kendi kendine İslâm'a girebilirmiş. Eee din Allah'ın olunca, o dine girmek için aracıya gerek olmuyor. Aracı Allah yolunu göstermek için lazım. Çünkü Allah ona herkesten yakın.

Klara gülerek sordu;

— Ben müslüman olunca da böyle sevinir misin?

— Ne demek, tabii çok sevinirim.

— Bak sana birşey söyliyeyim mi abla? İslâm dini uzaktan bakınca acımasız görünüyor ama insan detaya indiği vakit durum çok farklılaşıyor. En basiti Suudi Arabistan.

— Biz Suudi Arabistan'ı eleştiriyoruz.

— O ayrı bir konu. Ama sonuç çok önemli. Adamları barbar ve acımasız diye düşünüyoruz. Ama dünyanın en az cinayeti orada işleniyor. Hatta yok diye bilecek kadar az insan öldürülüyor. Çıldıranlar, dünyaya oranla en az orda. Şimdi İslâm'ın yaşandığı ülkelerde yeni istatistikler cinayetlerin azaldığını gösteriyor. Beni eskiden beri bu düşündürüyordu.

— Senin genel kültürün maşaallah çok zengin. Bilen insan doğruyu daha çabuk bulur.

Klara ayakta sağa sola geziyor, Hülya'ya da söyleniyordu;

— Benim beynime öyle girdin ki, erkeklere etkileyici sözler söyleyemez oldum. Şimdi de işe gitmek istemiyorum. Ben ne yapacağım?

— Gitme canım. Ben ne yersem, çocuğum ne yerse, sen de onu yersin. İstersen müslüman olma, yine bakarım sana.

— Teşekkür ederim abla. Çok iyisin. Zaten farkındayım elin çok açık.

— Sen beni mi takip ediyorsun?

— Tabii takip ederim. İnsan zenginken cömertliğini biraz anlarım. Ama elinde yokken, kendisine verileni ellerle paylaştığını gördüğüm tek ve ilk insan sensin.

— Aman Klara. Beni mahçup etme.

— Aslında sen bunlara layıksın. İnan hayranım sana. İnsanları çok seven birisin. İnsanlara candansın.

Hülya derinlere dalmıştı. Kederli ses tonuyla cevap verdi.

— Sen beni insanlardan zarar görmeden önce göreydin. İnsanlara karşı daha çok sevgi doluydum. Senin gördüğün eski halimden kalıntılardır. Yine de ilgine teşekkür ediyorum. Sağol.

Saatler geçmiş, Klara'nın işe(!) gideceği zaman yaklaşmıştı. Hülya onun gitmesini hiç istemiyor, elinden de birşey gelmiyordu.

Klara giyinmiş, aynanın karşısında makyaj yapıyordu;

Yine Hülya'ya sitem etti.

— Bak görüyor musun, şu halime bak, makyaj yapmak bile içimden gelmiyor. Kime neden süsleniyorum? diye düşünmeye başladım.

Durgunlaşmıştı Klara. Hülya farketmişti bunu.

— Ne oldu, neden durgunlaştın?

— Düşündüm, Pyeri düşündüm. Şimdi benim kimler için süslendiğimi bilse...

— Ne yapardı?

— Üzülür.

— Kocan mıydı?

— Evet.

— Ayrıldınız mı?

— Hayır. Ben bir araba ve eşyasını alıp Karadeniz'de satacak, çok parayla Rusya'ya dönecektim. Sonra mutlu yaşayacaktık. Çok sıkıntı çektik. Ben de eşyaları satarken Türk erkeklerinden gelen cazip tekliflere aldandım. Biraz para biriktirip zengin dönecektim. Önce Karadeniz'de çalıştım. Şimdi de İstanbul'a geldim. Pyer hala beni bekliyor.

— Desene, erkek fahişeler girdi kanına. Peki sonra ona dönecek misin?

— Evet. Onu unutamıyorum.

— Peki, ya yaşadığın hayatı duyarsa.

— Ona ben söyliyeceğim. Özür dilersem beni affeder. Bizim erkeklerimiz sizin erkeklerinize oranla daha anlayışlı. Sizinkiler, kendileri zina yapınca karılarının kendilerini af etmesini istiyorlar. Ama karıları onları bir kere aldatsa, bir daha onu affetmiyorlar. Biz de bu böyle değildir.

— Sizde ve bizdeki erkeklerdeki serbestlikte İslâmî değilmiş. Üzüldüm şimdi. Ne olur vazgeç bu işten, kocana dön. Gerçi Rus erkeklerinde de namus anlayışı olanlar vardır.

Bu konuşmaları yaparken Klara hazırlanmıştı bile.

— Üzgünüm ama gidiyorum.

Hülya gitme der gibi bakıyordu;

— Üzgünüm ama evet gidiyorsun.

Ayakkabılarını giyip merdivenlerden inmiş, sokağa ayak basmıştı.

Binlerce insanı çarkların arasından geçiren sokaklar, bir de Rus kızı geçirse kim umursardı?

Hülya ne yapacağını, Klara'ya nasıl davranacağını düşünüyor, bir türlü karar veremiyordu.

Çok geçmeden kapı çalındı.

Hülya kapıyı açtığında, karşısında Klara'yı buldu.

— Ne oldu Klara?

— Gidemedim. Kararımı verdim. Artık hayat kadınlığı yapmıyacağım... En kısa zamanda Rusya'ya döneceğim. Pyere'de her şeyi anlatırım.

Türkiye'de bile karısını satan adam varken, Rusya'daki bir erkeğin bu durumu hoş karşılaması umulur tabi.

Hülya, dini ne olursa olsun, bir kadını kötü yoldan çevirmenin sevincini yaşadı.

Bu sevinçle Klara'ya sarıldı.

— Seni tebrik ederim canım. Ne kadar sevindiğimi bilemezsin.

Klara gülerek cevap verdi,

— Tabi sevinirsin. Bana büyü yaptın.

Gülüştüler... Binlerce kadın, peşkeş çekilmek üzere kötü yola düşürülürken, Hülya bir kadını kurtarmanın sevincini yaşadı.

Aradan bir hafta daha geçmişti. Klara'nın son günüydü, hazırlıklarını yapmış, bavulunu hazırlıyordu.

— Bu bebek Rozi'nin, bu elbise Kal'ın, bunlar annemle babamın.

Hülya sordu;

— Anen baban yaptığın işi duyacaklar mı? Söylemeyi düşünüyor musun?

Klara ani bir reaksiyonla Hülya'ya baktı.

— Asla! Annem babam geri kafalıdır. Beni asla affetmezler. Onlar tam Hristiyandır.

Hülya üzgün bir tavırla sordu;

— Namus duygusu, ne zamandan beri geri kafalılıktır Klara? Üzülüyorum sana. Namus anlayışına sahip anne-babanı geri kafalılıkla suçluyorsun.

— Aman sen bana aldırma. Bizde böylelerine geri kafalı derler de alışmışım.

Hülya Türkiye'yi düşündü.

— Merak etme, müşrikler ve dinsizlerin çoğu, burda da aynı havayı estiriyorlar. Din ve namus kurallarına uyan insanların adı burda da geri kafalıdır. Çünkü Rusya'yla Türkiye aynı anda aynı devrimleri yaptılar. Ne ki, Lenin daha hızlı giriş yaptı. Yaptığı devrimin adına komünizm dedi. Bizimkiler de, demokrasi, laiklik, saltanattan kurtuluş, dediler. Aradaki fark budur canım.

Sonra hüzünlendi Hülya.

— Demek gidiyorsun? Sana da çok alışmıştım.

— Ben de öyle. İnan öz ablamdan ayrılırken böyle üzülmedim. Sağlık olsun. Unutma beni. Birgün seni Rusya'ya beklerim. Misafirim olursun. Sana her yeri gezdirir, gösteririm.

— Teşekkür ederim canım. Ama benim gelmem mümkün değil.

— Sahi abla! Bugün gideceğim. Bana cezaevi anılarından anlatacaktın, sözünde durmadın.

Hülya gülümseyerek kırıştırdığı hüzünlü yüzünü, pencereye çevirip cevap verdi.

— Dışardaki cezaevi içeriyi aratmayınca, ordaki anılarım sönük kaldı. Ama seni kırmıyayım. İki anımı hiç unutamam. Birisi ben revirde yatarken oldu. Adamın birisi yirmi yıl hapis cezası almış ve gerektiği kadar yattıktan sonra tahliye günü gelmiş, çıkacaktı.

Her şeyini hazırlamış. Beklemiş beklemiş gelen giden yok. Bağırmış-çağırmış, "neden hala bırakmıyorsunuz, beni çok mu sevdiniz?" demiş. Gardiyanlarda senin burdan çıkmana 3 gün daha varmış, biz sana yanlışlıkla bugünü vermişiz" demişler.

Adam, "ben üç gün daha kalamam, yirmi yıl kaldığım yeter" diye kendisini en üst kattan aşağıya atmış. Ben de ameliyatımı kontrol ettirmek için aşağıya inmiştim. Adamın her yeri kırılmış. yine bağırıyordu;

"Bırakın beni... Ulan e... oğlu e...'ler, beni bırakın" diye inliyordu. Bıraksalar varya adam bir adım dahi atamıyacak. Doktorlar diyorlar ki,

"Bu halinle seni bırakamayız, tedavi olman lazım."

O yine kıyameti koparıyor;

"Size ne benim tedavimden. Zorla mı bu, tedavi olmıyacağım işte" diye bağırıyordu.

Bunları söylerken de, sadece ağzı sarılı değil, geri kalan vucudun hepsi sargı beziyle sarılmıştı. Her yanı ya kırık, ya çatlaktı. O adamın beni bırakın gitmek istiyorum demesi beni hem ağlatıyor, hem güldürüyordu.

— Gerçekten ilginç. Halbuki üç gün bekleseydi ne vardı.

— İşte o üç günü biz anlarız ancak. Cezaevinde bazen üç günler, üç yıl gibi uzun gelir insanlara.

— Başka yok mu?

— Çok var canım. Hangisini anlatayım. Mesela toprağı, çimenleri çok özlemiştim. Hayallerimde dağlar-taşlar vardı. Yeşile, tahmin edemiyeceğin kadar çok hasret kalmıştım. Hele son günümde, herkesin bana sahip çıkması, bu da hiç unutamıyacağım anılarım arasındadır.

Kamil Ertiryaki adında, bana babalık yapan binbaşı dedi ki,

— Eğer gidecek yerin yoksa bize git. Bizimkiler seni çok iyi karşılarlar. Başhekim bize git, polis memuru Nuran Arat, o da anneme git. Benim cezam bitinceye kadar annemle rahat edersin dedi.

Baktım hemşireler, doktorlar bile beni sahiplendiler. O günümü unutamıyorum.

— Gerçekten sizin milletinizde fedakarlık ruhu ölmemiş. Bizde çoğunlukla bu anlayış ölmüştür. Bizde böyle anlarda kimse kimsenin yüzüne bile bakmaz. Her şeyden önce casus mudur? diye korkarlar.

— Doğru, daha önce, anneye evladını casus yapmışlar. Halk ister istemez korkak olmuştur. Zavallı halklar, herşeyin acısını onlar çekerler. Üstelik her yerde rahat ederler.

Bu arada Klara bavulunu doldurmuş, kapağını kapatıyordu.

— İşte bu da bitti.

Hülya,

— Klara sen anlatır mısın, Türkiye'de en çok seni ne etkiledi.

— Beni mi! Gece hayatımdan mı?

— Her şey olabilir.

— Gece hayatımdan, benimle olan hemen bütün erkeklerin aynı şeyi söylemesi beni çok etkiledi. İstisnasız hepsi, "karımla ayrı yatıyoruz. Karımı hiç sevmiyorum" demesi, onların bu kadar alçalması çok ilgimi çekti.

Gündüz hayatında da Mustafa Başoğlu'nun senin için düşündüğü bu büyük iyilik. Düşünsene, tekavütün bile olacak. Hele senin o geceki sevincini sen görseydin, kendini tanıyamazdın. Ayrıca birşey daha ilgimi çekti, müslümanları birbirinden kopmuşlar, birbirlerini düşman görüyorlar diye anlatırlardı bize. Dikkat ediyorum bunun tam tersi, her guruptan insanlar sana yardım ediyorlar. Demekki duyduklarım doğru değilmiş.

— Bazıları için bu geçerlidir. Öyle müslümanlar var ki, kendi gurubundan olmayanlara zekat bile vermezler. Fakat bu durum her geçen gün düzeliyor.

— Ne düzeliyor, İslâm mı?

— İslam'da grup ayrılıkları zaten yok. Bu ayrılıklar insanların "en doğru ben bilirim" duygularından ya da, "dini yanlış yorumluyorlar, bir çare bulmalıyız" endişesinden doğuyor.

— Bizde de öyle.

— Hayır, sizde her İncil'in mensupları ayrı olmak mecburiyetindeler.

— Ama bizde yeri gelince birleşiyoruz.

— Haklısın canım. Özellikle haçlı seferlerinde birleşme oluyor. Neyse, bunlara boşverelim. İnsan olarak seninle dostça günler geçirdik.

— Evet haklısın abla... Önemli olan birbirimizi tanımamız oldu.

— Haklısın, ne hristiyanlar müslümanları gerçek yönüyle tanıdı, ne de müslümanlar hristiyanları tanıdı.

Bu konuşmalar havadan sudan giderken Klara'nın gitme vakti gelmişti.

Taksiyi çağırmışlar, Klara'nın bavullarını taksiye taşımışlardı.

Artık vedalaşıp taksiye binme zamanı gelmişti.

— Hadi abla, Allah'a ısmarladık. Mustafa Başoğlu'na

benden selam söyle.

Tam taksi giderken "bir dakika" dedi. "Abla gelir misin? Kulağına birşey söyliyeceğim."

— Eğer müslüman olursam sana yazacağım.

— Beklerim canım.

•••

Hülya ertesi gün yine doktora gitmişti. Doktor üzgün tavrıyla tahlillerin sonucunu açıklamaya çalışıyordu.

— Kızım sen kiminle geldin?

— Yalnız geldim efendim.

— Peki, biz tahlillerin sonucunu kime söyleyeceğiz?

— Bana söyleyin efendim. Artık her habere razıyım. Allah'tan geldi derim. ondan sabır isterim.

— Peki senin kocan yok mu?

— Var ama hasta efendim. Buraya gelmez.

Doktor zorlanıyordu.

Nurcan hanım:

— Sen metanetli bir insansın. Sana söylemek zorundayım kızım. Kanının değişmesi lazım. Bu da çok yüklü bir para ister.

Hülya:

— Aman efendim, benim bu parayı bulmam hiç mümkün değil.

Hülya, "nasıl olsa bu parayı bulamam" diye, kimseye söz etmemeye kararlıydı.

O gece Hacı Abdullah'ların daveti üzerine Agah'la onlara iftar yemeğine gitmişler, eşini evde bırakmışlardı.

Bütün ısrarlarına rağmen eşi gitmemişti.

Hülya oğluyla eve dönmek için kalktılar. Asmalı Mescit sokağına geldiklerinde, Hülya şaşırmıştı. Asmalı Mescit ana-baba gününe dönmüş, ortalığı tozduman kaplamıştı.

Herkes birbirine soruyordu;

— Ne oldu, ne var?

— Kimin evi yanıyor?

Hülya telaşla kalabalığa yaklaşmıştı. İyice baktı, evet yangın vardı.

Birden yüreği ağzına gelmişti.

— Aman Allah! Evim, yanan benim evim.

Koşarak yaklaştı eve. Belediye telsizleri durmadan çalışıyordu. "Eyvah" dedi birden.

— Adam içerdeydi.

Dizlerinin bağı çözülmüş, kenardaki merdivene oturmuştu. Onun için ağlamaktan başka yapacak hiç bir şey yoktu. Zaten itfaiye ve belediye mensupları sanki kendi evleriymiş gibi çalışıyorlardı.

Birden Hülya'nın gözü eşine takılmıştı. Gözlerine inanamıyordu. Hemen gidip sordu;

— Sen nasıl kurtuldun?

— Sorma hanım. Hayatta ilk defa canım pide istedi, ben evden çıktım tüp patlamış.Demek Allah henüz ölmemi dilememiş.

Hülya evinden çıkan kara bulutları seyrediyor, koşuşturan insanları izliyordu.

Komşu otellerde çalışanların konuşmasını duyuyordu Hülya.

— Yahu yanan ev sanki Cumhurbaşkanının evi. Bu ne arkadaş, itfaiye, belediye hepsi burda.

Hülya birden belediyede memur olan Nurcan'ı gördü. Bu saatte onun burda oluşu Hülya'yı çok duygulandırmıştı.

Nurcan'a sarılarak ağlamasını sürdürdü.

— Sizin gibi dostlar verdi Allah bana. Artık ölsem de gam yemem.

Daha sonra gözü, Belediye Başkan Yardımcısı Fevzi Bayraktar'a takılmıştı.

— Allah Allah Fevzi abide mi burda?

— Tabii. İftarını bile yapmadı henüz. Hiç birisi yapmadı.

Hülya Fatma anasını da orda görünce, evinin yandığına üzülüyor ama bu candan ilgiyi görmek için evin yangınına nerdeyse teşekkür etmek istiyordu.

Herkes koşuşturuyordu.

Hülya, birden içerde yanan eşyalarının perde ve giyim eşyası hariç hepsinin kirli parayla alınmış olduğunu düşündü. Sonrada yüksek sesle konuşmasına devam etti.

— İlk defa başıma gelen musibette kulların rolü yok. Direk Rabbimden geldi.

O gece Fatma anasında yattılar.

Ertesi gün evine bakmaya gitti. Her ne kadar her yönden mutlu bir evlilik yaşamıyorsa da, evi onu sokakta kalmaktan kurtarıyordu.

Girip odaları dolaştı. İşin bir ucundan tutmalıydı ama ne yapabilirdi? Duvar kağıtları, yataklar her şey duman içinde kalmış. Kimi de yanmıştı.

Birden elinde telsizle Fevzi Bayraktar'ı gördü.

— Hülya bacı korkma. Evini yeniden donatacağız. Ustalar getirdik, kağıtları ayrı bir usta, elektriği ayrı bir usta tamir edecek. Bu başkanın emridir.

— Aman Allah'ım! Böyle dostlar sahibi yaptın bizi, sana şükürler olsun.

Fevzi Bayraktar ve öteki dostları durmadan koşuşturuyorlardı. Nusret Bayraktar onca işinin arasında telsizle aradabir arıyor konu hakkında bilgi alıyordu.

Bu arada arkadışı Fatma is-pas içinde yangından geri kalan perde ve diğer çamaşırları alıp yıkamaya götürmüş, kimi ahbaplarda diğer eksikler üzerinde duruyorlardı.

Bu telaş içinde Büyük Şehir Belediyesinden on milyon gelmişti. Said Özkan da altı milyon hediye etmişti.

İki-üç gün sonra evde eski eşyalardan buzdolabı hariç herşey gitmişti.

İnsanların her biri ayrı bir şey getiriyordu.

Mehmet Balcı ve eşi Banu yatak ve para vermişlerdi. Zaten arada bir, bir milyon, üç milyon gibi harçlıklar veriyorlardı.

Bu yardım edenlerin içinde Hülya'yı çok etkileyen biri daha vardı.

Hülya cezaevindeyken Subay olan şahıs, şimdi binbaşı olmuş, Hülya'yı "Yankı" proğramı yoluyla bulmuştu. Bayram Binbaşı Hülya'ya bir koltuk takımı getirmişti.

Hülya gördüğü bu yoğun ilgiyle neredeyse hastalığını bile unutmuştu.

Yıllar yılı inanların içindeki çirkin yüzlüleri, menfaatperestleri görmüş, şimdi sıra güzel yüzleri görmeye gelmişti.

•••

Yine bir telefon sesiyle irkildi. Hülya aranıyordu, arayan Kanal 7 televizyonu **Şehir Işıkları** proğramından Uğur ARSLAN'dı. Uğur Arslan bey de Hülya'ya bir proğram yapmak istiyordu... Randevuleşip telefonu kapattılar. Proğram çok güzel bir şekilde hazırlanmıştı. Hülya yine çektiklerinden bahsetmiş, düzenin adaletsizliğinin Hülya'ya nasıl çektirdiğini dile getirmiş, Hülya'nın oğlu da, bulundukları sokakta uyuyamadığını, pavyon seslerinin sabaha kadar durmadığını söylemiş, daha sonra Uğur ARSLAN ve Selami ÇALIŞKAN "Hülya bacımızı bu sokaktan kurtaralım" diye çağrı yapmışlardı.

Aynı anda şehir ışıkları proğramını izleyen bir başka vicdan sahibi vardı. Horasan inşaatının sahibi Ali ÜNAL bey daha önce Hülya'nın, BEN KİMİN KURBANIYIM isimli eserini de okumuş, Hülya'nın durumuna yakinen muttali olmuştu.

Şimdi bu proğramda tuzu biberi olmuştu.

Günler sonra Hülya şok halinde ablasına telefon açıyordu.

— Abla, tahmin et bakalım Hülya'na ne hediye edildi.

— Buzdolabı.

— Hayır.

— Saat.

— Hayır ablacağım hayır. Başka birşey söyle.

— Kanepe-koltuk... Bilezik, araba.

— Hayır.

— Aman Hülya beni oyalama. Ne hediyesi gelmiş olabilir anlıyamıyorum. Söyle hadi.

Hülya ağlamaktan tıkanıyordu, çığlık atarcasına bağırmıştı.

— Bir daire verildi abla, bir daire. Buna inanılır mı? Nasıl bir insan, bir daire hediye eder?

Bu haber bütün müslümanları sevindirmiş, Hülya her telefon açana müjdeyi vermişti.

— Said ağabey, Selami ve Uğur ağabey buna sebep sizsiniz diye devamlı dua ediyor, sonra da Ali ÜNAL beye gözyaşlarıyla aynı duaları tekrarlıyordu.

Hülya'nın kocası da şaşmıştı bu işe. Hanımının sevincini gördükçe çok mutlu oluyor, şimdi rahat ettiğini söylüyordu.

Hülya eşinin konuşma uslubundan farklı şeyler hissederek sordu;

— Sen ne demek istedin, ben pek anlayamadım.

— Ne demek isteyeceğim, ben yaşlı, sen genç bir insansın. Üstelik ben çokta hastayım. Devamlı düşünüyordum, ben ölünce ne yaparsın, ben ölünce bu evde de kalamazsın. Ama şimdi, artık gözüm arkada kalmaz, çok şükür Allah'a ki, seni sokakta kalmaktan kardeşler kurtardı.

Hülya, kendisine gelen bu hediyenin aslında Allah tarafından geldiğine, kulların da vasıta olduğuna inanıyordu. Müslümanlar çok seviniyorlardı bu duruma. Fakat her devirde olduğu gibi bu devirde de münafıklar vardı. Onlar ise kıskanıyordu.

Şadiye durmadan söyleniyordu;

— Hep Hülya'ya ilgi gösterdiler. Ben de yoksulum. Ben de çile çekiyorum. Bana neden bir daire veren yok?

Hülya'nın çok sevdiği Fatma annesi veriyordu bu sorunun cevabını;

— Sen de Hülya gibi suçsuz yere on yıl ceza çek, çıktıktan sonra da yıllarca sürün, hâlâ imanlı kalabilirsen, gel bana, sana daireyi ben alacağım. Utanmıyor musun? Bu kız çile çekerken "birazını da bana versinler" dedin mi?

Şadiye başını sallamış birkaç kelimelik cevap vermişti.

— Aslında haklısın. Galiba kıskandım ben... Öyle ya Hülya bunca yıl çekti. Şimdi birazda gülsün kadın.

•••

Agah bir başka âlemdi.

Önüne gelene anlatıyordu;

— Ali bey amca bize bir daire verdi. Bir yıl sonra bitecek, biz de içine gireceğiz. Sabaha kadar pavyon sesleri duymuyacağız. Kendi evimiz olacak. Annem rahat edecek.

Makinalı tüfek gibi sayıyordu Agah.

Hülya bir gün Fatma annem dediği hanıma anlatıyordu.

— Anne en fazla neden seviniyorum biliyor musun?

— Tabi biliyorum kızım. Artık kira düşünmeyeceksin,

o bataktan kurtulacak, rahat edeceksin. Başka ne olabilir?

Hülya mahsunlukla sevincin karışımı bir ses tonuyla cevap verdi.

— O saydıklarında doğru ama asıl sebep çok başka.

— Başka ne sebep olur ki?

— Anlatayım sebebini. Ben cezaevinden çıkarken, müslümanları çok iyi, herkese yardım ederler diye hayal ederdim. Çıktıktan sonra bana hep kötüler rastladı. İyilik yapan sakallı bir adam bile bana kötü tekliflerde bulundu. O zaman manen çok yıkıldım, umudum, hayallerim sarsıldı. "Müslümanlık bu mu?" dedim.

Bana yapılan bu iyiliklere oğlum için çok seviniyorum. Annesini müslümanların kurtardıklarını bilecek. Büyüdüğü zaman, müslümanların hediye ettiği dairede oturacak. Ben ölsem bile, o hep müslümanların iyiliğinden bahsedecek ve yüreği onlara sevgi dolu olacak. Müslümanların iyisini-kötüsünü bilecek. İyilerin varlığından haberdar olup, onları sevmesi, ona manevi güç olacak. Müslümanları seven Allah'a daha yakın oluyor. Ben müslümanların bana kucak açmalarından sonra ruhen daha çok İslâm'a sarıldım. Neden sarılmıyayım ki, kötü günlerimden beni onlar çıkardı.

Allah izin verir de gelinim, torunlarım olursa onlar bunu bilecekler.

Kısacası, oğlumun dünyası için daha çok sevindim. Düşünsene, Bayraktar ağabeyim oğluma kral oğlu gibi sünnet yaptırdı. Evim yandı yine imdadıma koştular. Biliyorsun ilaçlarımı bile onlar aldılar. Şimdi bir de sigorta yaptılar. Eee, artık ne olsun? Şimdi bir eksiğim, tedavim ve çocuğumun okul masrafı var. Allah onlara da bir kapı açarsa, oğlumu bu yıl okula kaydettireceğim.

Bu konuşmalar sırasında Asiye gelmişti. Hülya ile çoktandır görüşüyorlardı ama bugün farklıydı.

Hülya Asiye'ye sarıldıktan sonra annesine döndü.

— Anne! Bu kızını da çok üzdüm. Ellerin ağzına bakıp, bana o kadar iyiliği olan insanın hakkında kötü düşündüm.

Sonra oturup Asiye ile saatlerce sohbet ettiler.

•••

Hülya doktora gidip geliyor, kanının değişmesi için çok para gerektiğinden dolayı kimselere söyleyemiyordu.

Bu arada çocuğun okul zamanı gelmişti. Kimselere artık birşey diyemiyordu.

Üst katında oturan Nurhayat hanıma anlatıyordu.

— Senden de çok iyilik gördüm, kızın Gülten'den de. Hastalığım ilerliyor. Ben ölürsem unutma, oğlumu müslümanlara emanet ediyorum.

Nurhayat hanım üzülmüştü.

— Allah gecinden versin Hülya. Ne bu, ölecek gibi konuşuyorsun.

— Eee ölüm bizim için abla. Durumumu biliyorsun. Artık kimselere birşey söyleyemem. Evi var, sendikadan maaşta alıyor, hala ihtiyacı bitmiyor, derler diye kimseye birşey diyemiyorum.

Ertesi gün gelen telefonla Hülya yine sevinç gözyaşı döküyordu.

Telefon konuşması bittikten sonra Agah sordu;

— Ne oldu anne?

Hülya oğlunu kucağına alarak müjdeyi verdi,

— Oğlum, canım yavrum. Hayallerime bile alamadığım Fatih Kolejinde okuyacakmışsın. Nusret Bayraktar masrafını üstleniyormuş.

Hülya bukadar büyük mutlulukları, özellikle aynı yılda yaşamasından dolayı da korkuyordu.

— Allah'ım onca derdi çekecek güç verdin bana, bu sevinçleri çekecek güçte ver, ya Rabbi diyordu.

Bir kaç gün sonra Agah'la beraber Beyoğlu belediyesine çağrılmıştı Hülya.

Belediye Başkanı Nusret Bayrak'tar konuşuyordu.

— Bütün çocukları sevindirmek isterdik ama buna gücümüz yetmiyor. Hiç olmaz Agah'a sahip çıkalım. Agah çok zeki bir çocuk. Elinden tutulmazsa, kötü olur. Bugün ölçüsünü alacaklar, ona iki üç takım elbise yaptıracağız.

Hülya sevincin en doruk noktalarında, rüya aleminde gibiydi.

•••

Ablasına anlatıyordu derdini.

— Abla! Yine derdimi anlatacağım ama ne yapayım, kime gideyim? Kanım değişmeliymiş.

— Hemen Milli Gazeteye ilan verelim.

Hemen Milli gazete yazı işleri müdürüne telefon açılmış, durum anlatıldıktan sonra rica edilmişti.

— Gazetenize bir ilan verebilir miyiz?

Alınan cevap sevindiriciydi,

— Tabii tabi. Hemde iki üç defa veririz.

Gerçekten gazetede ilan çıkmıştı.

"Emine Şenlikoğlu'nun yazdığı BEN KİMİN KURBANIYIM'dan tanıdığınız Hülya TEKEL'e kan aranıyor" şeklindeki başlıkla Milli gazete okuyucusuna duyurulmuş iki de telefon verilmişti. Telefonlar susmak bilmiyordu, "benim kanım helal olsun bacıma" diyenlerin haddi hesabı yoktu.

Hülya bu müjdeyi doktoruna vermişti.

— İnanamazsınız belki ama o kadar kişi müracaat etti ki anlatamam.

Doktorun söylediği Hülya'yı alt üst etmişti.

— Sen telefonlara aldanma kardeşim. İnsanlar hislenirler, bir anda telefon açarlar ama ertesi gün unutur giderler. Unutmasalarda, kan vermeye gelmezler, üşenirler ya da işlerinin başından ayrılamazlar. Bunların yıllardır tecrübesini yaşıyoruz. Bu işleri çok iyi biliyoruz.

Hülya hüzünle mırıldandı.

— Yaa... Bende çok sevinmiştim. Ama Allah ne dilerse o olur.

•••

Eve geldiğinde Klara'dan mektup geldiğini görmüş hemen zarfı açtı.

Çok sevinmişti bu mektuba. Mutlaka müslüman oldu bu kız, diyerek zarfı açtı.

Sevgili Hülya ablam merhaba,

Nasılsın bakalım? Dilerim daha mutlusundur.

Eminim beni çok düşündün, sana kısaca kendimden bahsedeyim.

Rusya'ya gelir gelmez Pyerle barıştık. Pyer "beni beyninle aldatmadınsa, gerisi affedilir" dedi. Şimdi mutluyum ve hamileyim.

— Şimdi müslüman oldun mu diyeceksin.

Hayır, müslüman olmadım ama sana güzel bir haberim var. Müslüman olmadım ama, müslümanların çok iyi insanlar olduğunu artık biliyorum. Size eskiden bakarken, "barbarlar" diyordum, şimdi "cömert ve iyiliksever insanlar" diyorum. Bakış açım değişti. Sanıyorum bu da çok önemlidir.

Mektup birazda özel konularla ilgili devam edip selamlarla bitmişti.

Hülya, bir müddet sonra kendi kendine mırıldandı,

— Tabii, birden nasıl müslüman olacaksın? Müslüman olmak kolay mı Klara?.. Şimdi bazı müslümanlar bile müslüman olamıyorlar.

•••

Yine kanaması vardı. Leğenler dolusu kan kusuyordu Hülya.

Bu defa kalabalık bir ortamda kusmuştu. Herkes kararı veriyor, her kafadan bir ses çıkıyordu.

— Bu kadın artık yaşamaz. Cezaevinde kansere mi yakalanmış, bir sürü hastalığı varmış.

Hülya bu konuşmaları duyuyor, kendi kendine söyle-

niyordu,

— Artık ölsem de gam yemiyorum, sen beni imandan, Kur'an'dan ayırma Yarabbi.

•••

Doktorların randevu verdiği güne birgün kalmıştı.

Hülya telefonda derdini döküyordu;

— Kan bağışı için telefon açan herkese yarının tarihini verdik. Doktor, "bu son umut". Eğer yarın kan vermeye gelen olursa, şansın var" dedi. Yarın benim için çok önemli abla. Ya hiç kimse gelmezse... Bir de korkuyorum, ya masada kalırsam, diye. Sonra imanlı olduğum aklıma geliyor, ferahlıyorum.

Hülya herkese telefon açıp helalleşiyordu. Son günlerde o kadar çok kan kaybetmişti ki, kansızlıktan caddelerin kenarında oturuyor, bir müddet oturduktan sonra evine gidebiliyordu.

Namazını çoğu kez oturduğu yerden kılmaya başlamıştı.

Bu hastalığı esnasında da, hastalığı ilerliyen kocasının yemeğini bazen Hülya yediriyordu.

Eşi Hülya'nın durumuna çok üzülse de, bunu belirtmiyor, eline fırsat geçtikçe anı defterine Hülya'dan gizli gizli anılarını yazıyordu.

Hülya çok merak etmişti ne yazdığını, bir türlü fırsat bulup okuyamamıştı.

Hülya, yarın kendisi için çok önemli olan gün gelmeden önce eşinin neler yazdığını öğrenmek istiyordu. "ölürsem, hiç olmaz hakkımdaki görüşlerini öğreneyim" diyordu.

Bu gece bu anı defterini okuyacaktı ve uyuyunca alıp defteri öteki odaya geçti. Gizlice okumaya başladı,

"Olayların beni İstanbul'a sürüklediği yıldan beri bir batağa saplandım. Liseyi bitiremeden geldiğim bu şehirde, düştüğüm çamurdan, Hülya'nın elimden tutmasıyla çıktım."

•••

"Bugün yine Hülya'yı namaz kılarken seyrettim. Ona baktıkça ben insanlığımdan utanmaya başladım.

Bugün kendimden utandığım önemli günlerden biridir.

•••

Bugün, Hülya'ya bugüne kadar iyi gün göstermediğimi düşündüm. Onun duygularına hiç önem vermedim. Her zaman sarhoş oluşum bunu engelledi. Şimdi o temiz insana baktıkça mahcup oluyorum. Bugün dikkatimi çekti, ayağındaki ayakkabıdan parmağının ucu görünüyordu. Böyle olduğu halde benden birkez dahi ayakkabı istemedi. Çünkü benim param haramdı, oysa artık haram para yemiyeceğine dair yemin etmişti.

Şimdi düşünüyorum, içki içen ve içki satan biri olarak ben suçluyum tamam kabul ediyorum. Peki bana içmem için içki imal eden devlet suçsuz mu?

•••

"Evime, dostumu getirmiştim. O kafayla herşey normaldi. Birgün, koca satırı almış, onun üzerine yürüdüm. Kılpayı onu öldürecektim. Sarhoştum çünkü.

Birtürlü aklım almıyor, Hülya gibi kadına bu rencide

edici hayatı nasıl layık gördüm."

"Çocuklarıma bir ana gibi baktı. Onun fedakarlığını başka bir insan yapar mı? Helal süt emmiş, Hülya'nın insanlığı beni hayrete düşürdü."

•••

Hülya sayfaları çevirdikçe hayretler içinde kalıyordu.

Her sayfası kendisi için övgülerle süslenmişti.

Yüz sayfayı aşkın olan notlar, bazan bir şair gibi dile getirilen mısralarla doluydu. Anı defterinden sonra net olarak anlaşılan birşey vardı.

Düzen, erkeklere bol bol kadın sunarken, öteki kadınları mutsuz etmişti.

•••

Ertesi gün, Hülya herkesle vedalaştıktan sonra, doktorun verdiği randevu saatine yetişmek için evden çıktı.

Bu defa yalnız değildi.

Çapa Tıp Fakültesine doğru yol almışlardı.

Hülya kan vermek için Milli gazete okuyucularından gelen telefonları düşündü. O kadar insan telefon açtı, ben de telefon açıp yetişebildiklerime kan vermek günü olarak bugünü bildirdim. Ya şimdi gelmezlerse! Arkadaşıyla konuşuyordu;

— Öyle heyecanlıyım ki. Şimdi ayaklarımla gidiyorum, ama yarın tabutla dönebilirim. Üzüntüler bende bukadar hastalık meydana getirdi. Şu ana kadar Prof. Dr. Fikret Kurtuluş'tan son doktoruma kadar onlarca doktorum oldu. Aslında hepsi benimle çok güzel ilgilendiler. Onlarla helalleşmeden ölürsem.

— Kafana böyle şeyler takma, masaya yatacaksın.

— Üzülüyorum. Aslında bana öyle geliyor ki, en çok yıprananlar doktorlar. En çok hakaret görenler de onlar. Bir doktora günde beşyüz-bin hasta düşüren rejim eleştirilmiyor. Hastalara bakılmayınca devletin hatası da doktorlara malediliyor. Arada kaytaranlarda vardır tabi. Bence, kötüler, iyilerin hakkını kaybetmemeliler.

Hastahaneye gelmişlerdi.

Yanındakilerden birisi sordu;

— Sen Kürt'sün diye kanını verecekler vazgeçmiş olabilirler mi?

Hülya gönül rahatlığı ile cevap veriyordu;

— Olur mu öyle şey! Benim ırkımı bile sormadılar.

— Bütün müracaat edenlere telefon açıp bildirdin mi?

— Hepsine bildiremedim ama yinede bayağı kişilere bugünün tarihini verdim.

Hülya, "sen Kürtsün diye kanını verecekler vazgeçmiş olabilirler mi?" Sorusundan ürpermişti. O çok iyi biliyordu ki, damardaki kanla bağ olmaz, gerçek bağlar inanç birliğiyle mümkündür. Yine o çok iyi biliyordu ki, damardaki kanın Türkü, Kürdü, İngilizi, Çingenesi olmazdı.

Nihayet hastahanenin kan değişecek olan bölümüne gelmişlerdi. Kapının önünde duran kardeşleriyle karşılaştı. Bunlar yedi-sekiz kişilerdi. Selamlaştılar. Hülya bu kardeşlerine çok sevinmişti ama "bunlardan belki bir-iki kişinin kanı tutar, acaba başka müracaat yokmu?" diye düşündü. Onca kişiye telefon açmıştı. Onlar neden gelmemişlerdi? Yoksa gelmiş, kan vermiş dönmüşler miydi?

Heyecanından gözü birşey görmüyordu. Bildiği birşey

varsa o da Hülya'nın kalp çarpıntısıydı. Yine hayaller kurmuştu. Belki akrabalarından gelenler olmuş, "sana bizden başka kimseden fayda yok. Bak biz geldik" diyorlardı. Sonra hayallerini dağıtıp içeri girdi. Doktoru onu bekliyordu.

— Nerde kaldın Hülya?

Hülya titrek sesle cevap verdi.

— Geldim efendim ama çok korkuyorum.

— Neden korkuyorsun, kan alırken acı bile duymazsın.

Doktor tesellisini verdikten sonra devam etti;

— Önemli olan kan bulmaktır.

Hülya'yı daha fazla heyecan sarmıştı.

"Kan vermeye gelen var mı?" diye soracaktı ama buna cesaret edemiyordu. Ya "hiç kimse gelmedi, dışarda birkaç kişi var hepsi o kadar" derse ne yapacaktı?

Sormadan önce doktorun gözlerine bakıyor, onun bakışlarından kendi kendine yorumlar çıkartıyordu. Doktorun bakışından çıkardığı yorum ilginçti.

"Evet, başka kimseler gelmemiş, doktor benim yüzüme acıyarak bakıyor."

Sonunda dayanamayıp sordu;

— Acaba bana kan vermek için başka gelen olmadı mı?

Hemşire Hacer hanım bu soruyu duymuş, Hülya'nın kolundan tutarak onu pencerenin önüne götürmüştü.

— Bak şu sıra bekleyen insan kuyruklarını görüyor musun, bir ucu dış kapıya kadar uzanıyor. İşte bu insanların hepsi sana kan vermeye geldiler. Ben ömrümde böyle şey görmedim.

Hülya sevinç gözyaşlarına engel olamamıştı. Başını pencerenin kenarına dayamış, hayran hayran kardeşlerine bakıyordu. Sevgi dolu ruhuyla, onları seyre dalmıştı.

SON ?!